AF237107

Markus Kessler

Das Haus ihrer Träume

Roman

Bibliografische Information der Deutschen Nationalbibliothek: Die Deutsche Nationalbibliothek verzeichnet diese Publikation in der Deutschen Nationalbibliografie; detaillierte bibliografische Daten sind im Internet über http://dnb.dnb.de abrufbar.

Umschlaggestaltung: Daniela Patricia von deincoverdesign.de

Bilder: Adobe Stock und Stefan Rötheli von augenweiden.ch

Herstellung und Verlag: BoD – Books on Demand, Norderstedt

ISBN: 978-3-7543-6110-8

EINS

Ihr neues Haus lag etwas außerhalb von Mühlbrugg und war nur über einen schmalen Schotterweg zu erreichen. Es duckte sich in den Schatten einer alten Linde und davor plätscherte ein kleiner Brunnen leise vor sich hin. Ein Wanderweg führte am Haus vorbei durch die Wiese bis hinein in den Wald, wo er schließlich anstieg bis hinauf zum Grosshubel mit dem schönen Aussichtsrestaurant.

Im Moment stand ihr Haus noch leer und verlassen da, aber nicht mehr lange. Der Umzugswagen mit ihren Sachen müsste jeden Moment eintreffen. Silvia und Thomas hatten bereits alle Fensterläden geöffnet und saßen jetzt auf der alten, hölzernen Bank neben der Eingangstür.

Silvia knetete ungeduldig ihre Finger. Seit sie vor einem Monat den Kaufvertrag unterschrieben hatten, fieberte sie dem entgegen, was jetzt kommen würde. «Ich freue mich ja so darauf, endlich hier einzuziehen.»

«Wie kannst du dich nur so darauf freuen? Mir graut vor dem ganzen Durcheinander, das wir haben werden, bis es endlich eingerichtet ist», antwortete ihr Mann.

«Mach dir keine Sorgen, das geht blitzschnell.»

«Hoffen wir es.»

Sie schmiegte sich an ihn. «Das klappt schon, du wirst sehen. Es ist ja alles vorbereitet.»

Sie selbst hatte jeden Karton sauber beschriftet, ihre Möbel mit farbigen Schildern versehen und heute Morgen im Haus an jedem Raum ein entsprechendes Schild angebracht. So müsste es eigentlich klappen, dass am Ende des Tages alles im richtigen Raum stand.

Thomas hatte zwar brav mitgeholfen beim Packen, doch der Umzug und die Einrichtung des Hauses waren einfach nicht seine Welt. Das passte mehr in ihr Fachgebiet. Ihre Chefin meinte nämlich, sie sei eine richtig gute Innenarchitektin und hätte Chancen, zur Junior-Partnerin aufzusteigen.

Wenn da nicht ihr Kinderwunsch wäre. Thomas hatte das ja bereits durchgeplant: zuerst das Haus, dann das Baby. Er war der Meinung, dass sie dann mit der Arbeit aufhören und sich stattdessen um Kind und Haus kümmern sollte. Dabei hatte er sie nicht mal nach ihrer Meinung gefragt. Hätte er das getan, hätte sie ihm nämlich erklärt, dass sie nach der Geburt des ersten Kindes gerne noch weiter arbeiten würde. Ein Kind machte ja nicht so viel Arbeit und das Haus war ja irgendwann auch fertig eingerichtet. Dann gab es dort kaum noch etwas zu tun außer Staubwischen und Kochen.

Sie spielte schon länger mit dem Gedanken, sich als freischaffende Innenarchitektin selbstständig zu machen. Dieses Haus war jetzt ihre Chance. Sie hatte bereits das kleine Zimmer im Erdgeschoss als ihr künftiges Arbeitszimmer vorgesehen.

Dass sie die Agentur verlassen würde, sobald sie schwanger war, stand schon fest. Dass sie stattdessen als Freelancerin weiterarbeiten wollte, hatte sie Thomas erst vor ein paar Tagen gesagt. Das hatte ein Donnerwetter gegeben! Sie sollte sich um Haus und Kinder kümmern, meinte er. Schließlich verdiene er genug, um eine Familie zu ernähren. Er hatte nicht verstanden, dass es gar nicht ums Geld ging, sondern um die Freude an der Arbeit. Er war wutentbrannt in seinem Büro verschwunden und hatte den ganzen Abend nicht mehr mit ihr gesprochen.

Thomas checkte zum x-ten Mal sein Handy. Es war doch vereinbart, dass sie pünktlich um vierzehn Uhr mit dem Abladen beginnen, und jetzt war es schon Viertel nach. «Wann kommen die endlich? Die haben sich bestimmt verfahren!» Er hatte beim ersten Mal selbst die Stelle verpasst, an der der holprige Feldweg von der Hauptstraße abging.

«Dann hätten sie bestimmt längst angerufen. Jetzt sei doch nicht so ungeduldig», versuchte Silvia ihn zu beruhigen.

An der Art, wie sie ihre Finger knetete, sah er jedoch, dass sie sich zwar anstrengte, ruhig zu wirken, dass sich in ihr aber eine Nervosität zusammenbraute, die sich irgendwann in einer heftigen Schimpftirade über jemanden entladen würde. Oder sie begann über Umbauten im Haus nachzudenken, was fast noch schlimmer war. Dabei hatten sie ihr Budget schon arg überstrapaziert. Da könnten sie sich größere Kosten für neue Wände oder neue Böden kaum noch leisten.

Als sie vor ein paar Wochen ihre Unterschrift unter den Kreditvertrag setzten, hatte sich sein Magen regelrecht zusammengezogen. Ihm war klar, dass sie sich damit auf Gedeih und Verderb der Bank auslieferten. Und ihre ganzen Lohnausweise und die Steuererklärung hatten sie diesen Geiern auch noch aushändigen müssen. Im Zeitalter des Datenschutzes eigentlich eine Ungeheuerlichkeit. Aber was soll man tun, entweder man rückte die Daten heraus oder man bekam kein Geld.

Immerhin waren sie jetzt dank der Festhypothek zehn Jahre lang abgesichert, was den Zinssatz betraf. Sie durften jetzt einfach die nächsten zehn Jahre nicht wieder umziehen und das sollte kein Problem sein, schließlich wollten sie hier eine Familie gründen. Genauso wie der Typ in der Fernsehwerbung immer sagte: mein Haus, mein Auto, meine Familie.

Bei dem Gedanken daran atmete Thomas auf. Ja, er hatte es weit gebracht mit seinen achtundzwanzig Jahren. Seine ehemaligen Schulkameraden lebten noch in Mietwohnungen, viele waren noch Singles, und er hatte bereits eine Frau und ein Haus und schon bald würde er auch den nächsten Punkt auf seiner Wunschliste abhaken können: Kinder! Mindestens drei!

Endlich rumpelte der Lastwagen der Umzugsfirma über den Weg und zog eine Staubwolke hinter sich her. Mitleidig sah Thomas zu seiner Frau. Sie würde in Zukunft viel Zeit mit Staubwischen verbringen, wenn das jedes Mal so war.

«Was?», fragte sie.

«Ach, nichts. Hoffentlich finden sich die Möbelpacker hier zurecht. Sind ja kräftige Kerle, aber sonst ...» Er tippte sich mit dem Finger an die Schläfe.

«Na hör mal, bleib freundlich!»

«Ich meine ja nur ...»

Sie standen von ihrem Platz auf der Bank auf und beobachteten, wie drei kräftige Männer aus dem Laster stiegen. Einer sah in seinem Flanellhemd, der schwarzen Jeans und den Hosenträgern aus wie ein Holzfäller, als er zum Heck des Wagens ging und die Hebebühne herunterließ. Der zweite, ein Glatzkopf in Latzhose stand dümmlich daneben und wartete. Der dritte war ebenso kräftig gebaut wie die anderen beiden, trug aber eine runde Brille, die ihn etwas intelligenter wirken ließ. Er kam mit einem Klemmbrett in der Hand auf sie zu.

«Entschuldigen Sie, dass wir uns verspätet haben. Es gab einen Stau auf der Schnellstraße. Mein Name ist Giorgio und ich trage hier die Verantwortung.» Er schüttelte beiden die Hand. «Ein hübsches Haus haben Sie hier. Wollen wir uns das Ganze kurz ansehen?»

«Das dürfte nicht nötig sein, ich habe alle Zimmer beschriftet», erklärte Silvia. «Sie finden sich bestimmt zurecht.»

«Wie sie meinen. Dann wollen wir mal mit dem Abladen beginnen.» Er trottete davon, legte sein Klemmbrett wieder ins Führerhaus des Lastwagens und ging seinen Männern voraus, die bereits die ersten Sachen ausluden. Stehleuchten, Garderobenstangen und den anderen Kleinkram, den sie zwischen den Möbeln verkeilt hatten.

Thomas beobachtete die Männer kritisch. Vor allem die derben Schuhe beunruhigten ihn. Die würden nicht nur Möbel, sondern auch eine Menge Dreck ins Haus tragen. Da würde Silvia gleich einmal richtig sauber machen müssen, wenn alles aufgebaut war.

«Wo kommt das hin?», fragte der Glatzkopf, der in seiner Latzhose wie ein Bauerntrampel aussah und das kleine Tischchen für den Router und das Telefon trug.

Der grüne Kleber mit den Buchstaben WZ für Wohnzimmer war nicht zu übersehen. «Ins Wohnzimmer», sagte Thomas, «da wo das grüne Papier neben der Tür klebt.»

«Alles klar», sagte der Mann und trampelte ins Haus. Thomas sah ihm hinterher. Ob der überhaupt lesen konnte? Vielleicht würde er ja wenigstens Farben erkennen.

Silvia wippte auf ihren Füssen. «Ich bin ja so aufgeregt. Warte nur, bis es fertig eingerichtet ist! Das wird spitze!»

«Wenn diese Kerle unsere Sachen nur ins richtige Zimmer bringen, bin ich schon zufrieden.»

Silvia schubste ihn. «Ach, jetzt sei mal nicht so ein Griesgram.»

«Ist doch wahr! Bei den Typen kommt es schließlich vor allem auf die Muskeln an.»

Sie zog ihre rechte Augenbraue hoch, ein untrügliches Zeichen, dass er jetzt besser schwieg.

Das tat er dann auch und ging ins Haus. Einer musste ja schließlich aufpassen, dass diese Muskelberge

12

ihre Sachen weder zertrümmerten noch in falsche Räume trugen.

Silvia blieb draußen und sah sich den Brunnen an. Das Wasser tropfte nur noch als dünnes Rinnsal aus dem rostigen Rohr. Der gesamte Brunnentrog war über und über mit grünem Schleim bedeckt. Wie sollte sie das jemals sauber bekommen? Vielleicht mit einer groben Bürste und scharfen Chemikalien?

Überhaupt hatte der ganze Garten eine Totalsanierung nötig. Das Gras stand fast kniehoch, die Himbeerbüsche und der Holunder wucherten ungehemmt über den baufälligen Zaun. Eigentlich hatte sie sich ja darauf gefreut, den Garten zu bestellen, vielleicht Erdbeeren zu pflanzen, eigene Salate und ein paar Kartoffeln. Und dann natürlich Kürbisse für Halloween. Aber bis es so weit war, gab es noch schrecklich viel zu tun.

Sie blickte zum Haus, wo Thomas bestimmt den Möbelpackern auf die Nerven ging. Wenn nur alles schon aufgeräumt wäre, die Möbel an Ort und Stelle, der Garten gepflegt und ihr Arbeitszimmer eingerichtet. Dann wäre ihr Haus fantastisch! Aber jetzt sollte sie sich erst mal um ihren Mann kümmern, dem der ganze Umzug offenbar mehr zu schaffen machte, als sie gedacht hätte.

Sie fand ihn im Wohnzimmer, wo er gerade wieder einen der Möbelpacker anfauchte, dass die Kisten mit den roten Markierungen ins Schlafzimmer gehörten, ob er denn farbenblind sei.

Der Holzfällertyp ging davon und murmelte etwas vor sich hin. Silvia war ganz froh, dass Thomas ihn nicht verstanden hatte, sonst hätte ihn das noch mehr auf die Palme gebracht.

«Ist das zu fassen! Wenn ein Möbelpacker nicht lesen kann, ist das ja nicht schlimm, aber dieser konnte nicht mal rot von grün unterscheiden!», murrte Thomas.

Silvia schlang die Arme um den Hals ihres Mannes und küsste ihn.

«Keine Sorge, bald sind die Männer weg und wir haben unser neues Haus ganz für uns alleine», flüsterte sie und zwinkerte ihm zu. «Lass uns in die Küche gehen und einen Kaffee kochen, wir stehen hier sonst nur im Weg herum.»

Ein Glück, dass sie die Kaffeemaschine bereits aufgestellt hatten, als sie vor ein paar Tagen hier waren, um alles noch einmal auszufegen, bevor die Möbel kamen.

«Ich hasse dieses Chaos!», fluchte Thomas.

Silvia blickte aus dem Fenster, wo der Lastwagen in der Einfahrt stand. Er leerte sich schnell, über ihnen hantierten die Männer mit Akkuschraubern und fluchten dabei heftig. «Es hört sich ganz so an, als würde das nicht mehr lange dauern.»

Thomas blickte auf die Unordnung im Wohnzimmer. Dort standen mehrere Stapel mit Umzugskartons zwischen Sofa und Fernseher, das Sideboard stand schräg vor der Wand, an die eigentlich das Bücherregal gehörte und gerade tauchte wieder ein Mann mit einem weiteren Karton auf. «Diese ganzen Kartons müssen wir ja auch noch alle wieder ausräumen. Das wird noch Tage dauern!»

14

«Ach, du alter Griesgram, das hat doch Zeit! Und vielleicht kommt Mama morgen noch vorbei und hilft uns.»

«Ich weiß nicht recht, ob ich mich darüber freuen soll.»

Thomas' Beziehung zu Silvias Mutter war zwiespältig. Einerseits schätzte er, wie sie stets alles sauber hielt und beim Putzen half, dafür kam er mit ihrer Langsamkeit nicht zurecht, besonders, wenn er gestresst war.

«Na, jetzt mach dir mal keinen Kopf deswegen», sagte Silvia, dann küsste sie ihn noch einmal. «Und jetzt trinken wir in Ruhe unseren Kaffee.»

Das hatte ihn tatsächlich etwas beruhigen können. Sie hatten sich mit dem Kaffee wieder auf die Bank vor dem Haus gesetzt. Silvia war allerdings schon bald wieder aufgesprungen, um dem Umzugsteam ihre Anweisungen zu geben. Thomas, der sich in diesem Trubel schon die ganze Zeit fehl am Platze gefühlt hatte, war einfach sitzen geblieben und hatte sich die Sonne ins Gesicht scheinen lassen, während die Möbelpacker immer wieder schwer beladen an ihm vorbeigelaufen waren. Manchmal fühlte er sich dabei wie ein König, der seinen Bediensteten bei der Arbeit zusah.

Der Laster leerte sich zusehends und er hatte bis jetzt wirklich nicht viel mit dem Umzug zu tun gehabt. Silvia hatte das Meiste eingepackt und würde wohl auch hier beim Auspacken und Einräumen den Löwenanteil der Arbeit übernehmen.

«Na, was denkst du?», fragte Silvia.

Er hatte sie gar nicht kommen hören.

15

«Ach, ich bin einfach froh, wenn wir fertig eingezogen sind.»

Sie setzte sich zu ihm und legte ihre Hand auf seinen Oberschenkel. «Das wird schon. Die Möbel stehen schon und die meisten Kartons sind auch schon an Ort und Stelle.»

Von ihrer hübschen Bank aus sahen sie zu, wie die Männer die letzten Kartons ins Haus trugen. Schließlich fuhr Giorgio die Hebebühne hoch und holte sein Klemmbrett, mit dem er wenig später bei ihnen auftauchte.

«Wir wären dann so weit», meinte er. «Jetzt bräuchte ich nur noch eine Unterschrift.»

«Geben Sie her», sagte Thomas unfreundlicher als beabsichtigt, «ich mache das!»

Bevor er unterzeichnete, warf Thomas noch einen Blick auf die Uhr. Kurz vor fünf. Genau wie versprochen. Vielleicht war er zu streng gewesen mit den Männern. Sie waren vielleicht nicht die hellsten Lichter, aber sie waren zur vereinbarten Zeit fertig geworden.

Nachdem er das Formular unterschrieben hatte, zückte er seine Brieftasche und reichte Giorgio eine 20-Franken-Note. «Hier, gönnen Sie sich und Ihren Männern davon ein Feierabend-Bier.»

Dieser bedankte sich höflich und verabschiedete sich.

Kaum waren die Männer in ihren Laster gestiegen und davongefahren, stand Silvia auf und griff nach seiner Hand. «Endlich haben wir das Haus für uns. Komm mal mit», sagte sie und zog ihn hinter sich her ins Haus, die Treppe hinauf und direkt ins Schlafzimmer.

Es sah chaotisch aus! Der große Kleiderschrank stand zwar am richtigen Ort, das Bett ebenso und die Matratze lag auch schon da, aber an der Wand neben dem Fenster stapelten sich die Kleiderkartons. Die hohen mit den Stangen, auf denen seine Anzüge und ihre Kleider hingen, die kleineren mit den T-Shirts, den Socken und der Unterwäsche.

Silvia schlang die Arme um seinen Hals. «Jetzt, wo wir endlich alleine sind, ist es Zeit, das Haus richtig einzuweihen.»

Sie küsste ihn, drückte ihren Körper dicht an seinen, ihre Hände kraulten seinen Nacken, was ihm wohlige Schauder verursachte.

Er legte die Hände um ihre Taille. Sie schmiegte sich an ihn und als er seine Hände langsam an den Seiten ihrer Wirbelsäule empor wandern ließ, bog sie sich zurück und atmete stöhnend ein.

Sie knöpfte sein Hemd auf mit hektischen, fahrigen Bewegungen. Einige Knöpfe klimperten zu Boden.

Die Lust brachte ihn zum Beben, als sie seinen Hals küsste, dann langsam tiefer ging und seine Brust mit ihren warmen Lippen liebkoste, zwischendurch mit den Zähnen über die weiche Haut auf seiner Brust schabte.

Als sie seine rechte Brustwarze mit den Lippen umschloss und sanft daran zog, stöhnte er laut auf, zerwühlte ihre Haare in dem Sehnen nach mehr.

17

Ohne sein Zutun glitt ihr Kopf tiefer über seinen Bauch, während sie gleichzeitig seinen Gürtel löste, ihm ungestüm die Hosen aufriss und abstreifte.

Ihre Lippen glitten hinab, liebkosten seine empfindliche Stelle am Ansatz seines Glieds, dann spürte er wieder ihre Zähne, wie sie langsam und sanft darüber hinweg streiften.

Er schrie vor Lust, spürte, wie die Leidenschaft in seinem Becken pulsierte. Wenn sie damit nicht sofort aufhörte, würde er explodieren.

Sie schien das zu spüren, denn sie stand wieder auf und hatte das Kunststück fertig gebracht, gleichzeitig aus ihrem T-Shirt zu schlüpfen. Ihre steil aufgerichteten Brustwarzen kitzelten angenehm auf seiner Haut.

Sie zog ihn an sich und auf die kahle Matratze.

Er half ihr aus den Hosen und liebkoste sie mit seiner Zunge. Sie stöhnte und bäumte sich auf, als er sie mit Lippen und Zunge verwöhnte.

Ihr Verlangen wuchs, sie griff nach seinem Kopf, zog ihn auf sich. Als er in sie eindrang, bog sie sich ihm entgegen, nahm ihn freudig in sich auf. In wilder Ekstase liebten sie sich, bis er seine aufgestaute Lust in ihr entlud.

Silvia wartete, bis sie wieder zu Atem gekommen war, dann kicherte sie. «Jetzt ist unser Haus eingeweiht.»

«Das kann man wohl sagen. Das war fantastisch!»

Sie kuschelte sich an ihn. «Ich liebe dich, Thomas.»

«Ich liebe dich auch.»

Dann stieß sie ihn scherzhaft von sich hinunter. «Und jetzt sollten wir etwas essen, ich bin hungrig.»

«Ich auch. Hungrig nach mehr», sagte er und küsste sie wieder.

Sein Glied bestätigte allerdings seine Behauptung nicht. «Das sieht aber nicht so aus. Gönnen wir deinem Großen hier noch etwas Erholung und essen inzwischen etwas.»

«Na gut, dann kommen wir später darauf zurück.»

Sie stiegen von der Matratze, sammelten ihre verstreuten Klamotten ein und zogen sich wieder an.

«Lass uns gleich noch das Bett beziehen», sagte sie und mit einem Augenzwinkern fügte sie hinzu: «Wer weiß, ob wir später dafür Zeit haben werden.»

In der Küche herrschte auch immer noch das totale Chaos. Wie sollten sie hier etwas finden, geschweige denn kochen? Die Kartons standen kreuz und quer.

«Dann machen wir uns mal auf die Suche nach etwas Essbarem.» Silvia schnappte sich die Erste der ungeöffneten Kisten. «Ich suche die Spaghetti, du das Geschirr.»

Thomas schnaubte eine kurze Zustimmung und machte sich dann ebenfalls an die Arbeit.

«Was meinst du, welche dieser Schubladen unsere Besteckschublade werden soll?», fragte er nach einer Weile.

Ohne hinzusehen, antwortete Silvia: «Egal. Vielleicht die mittlere.»

Thomas betrachtete die Küchenzeile. Herd und Backofen rechts, dann zwei Schubladen, die Spüle, noch einmal zwei Schubladen, dann der Kühlschrank. Es gab keine mittlere Schublade. Er öffnete eine um die andere. Die dritte enthielt Trennwände für Besteck. Froh, nicht selbst entscheiden zu müssen, machte er sich ans Einsortieren.

Silvia suchte derweil weiter nach den Spaghetti. Sie riss eine Schachtel nach der anderen auf und betrachtete deren Inhalt. Sollte sie alles gleich einräumen? Das wäre wohl das Beste, allerdings würde das viel zu lange dauern. Aber irgendwann müssten sie das wohl tun, also konnten sie auch gleich beginnen.

Sie fand die Pfannen und Töpfe und stellte sie gleich in den großen Schrank neben dem Herd. Der nächste Karton enthielt ihre Sammlung von Kochbüchern, dafür brauchten sie erst noch ein passendes Regal. Im nächsten Karton fand sie den Stabmixer, das Nudelsieb und noch viele andere Küchengeräte.

«Warum haben wir eigentlich so viel Zeug gekauft?», fragte sie nur halb im Scherz. «Wer braucht das alles?»

«Mich brauchst du da nicht fragen, ich kann kaum mehr als Spaghetti kochen», antwortete Thomas. «Das sind alles deine Sachen.»

Endlich fand sie die Nudeln. «Na also!», rief sie triumphierend. «Ich hab unser Essen gefunden.» Sie reichte eine Packung Spaghetti und eine Dose mit geschälten Tomaten an Thomas weiter und sagte: «Dann zeig mal, was du kannst! Ich räume hier inzwischen noch etwas ein.»

Thomas setzte Wasser auf. «Ich bin heilfroh, wenn mal alles an seinem Platz liegt und wir uns fertig eingerichtet haben.»

«Ja, das geht mir genauso.» Dann bemerkte sie nebenan im Wohnzimmer etwas, was ihre Aufmerksamkeit auf sich zog. «Was ist das denn?»

ZWEI

Was ihre Aufmerksamkeit erregt hatte, war ein grüner Fleck auf dem Wohnzimmerboden? Vielleicht so groß wie ein Unterteller, stach er farblich deutlich zwischen den braunen Umzugskartons und den dunkeln Möbeln hervor.

Sie ging hin und betrachtete ihn genauer. Er glich dem Schlamm draußen beim Brunnen, und als sie ihn berührte, fühlte er sich schaumig an, wie Flüssigseife, aber doch trocken. Sie roch daran. Er war geruchlos. Sie zuckte die Schultern und holte einen nassen Lappen aus der Küche, um ihn wegzuwischen.

Bestimmt hatte einer der Möbelpacker etwas Schlamm vom Brunnen an den Schuhen mit ins Haus getragen. Sie zuckte die Schultern. Am Ende würde ohnehin ein großer Hausputz anstehen, wenn einmal alles eingeräumt war.

Es war eine gute Entscheidung gewesen, den Umzugstermin auf einen Freitag zu legen. Jetzt hatten sie noch das ganze Wochenende Zeit zum Einrichten und Einräumen. Wenn dann am Montag der Alltag wieder begann, hatten sie die größte Unordnung beseitigt und konnten sich in ihrem eigenen kleinen Häuschen so richtig daheim fühlen.

«Essen ist fertig», rief Thomas aus der Küche und Silvias Magen knurrte sofort.

Zwischen den halb ausgeräumten Umzugskartons hatte er den Tisch hübsch gedeckt. Sogar eine Messingvase mit einer Plastikrose hatte er irgendwo gefunden. Wie süß! Silvia küsste ihn im Vorbeigehen auf die Wange.

«Dann lass es dir schmecken», sagte er und hielt ihr die Nudelkelle hin, damit sie sich ihre Portion selbst schöpfte.

«Danke!»

Er konnte wirklich Spaghetti kochen. Sie schmeckten ganz ausgezeichnet. Die ersten paar Bissen schlang sie gierig hinunter, bis der gröbste Hunger gestillt war. Dann deutete sie mit ihrer Gabel in die Runde auf das Chaos, das immer noch rund um sie herum herrschte. «Ich bin froh, wenn wir damit fertig sind.»

«Ja. Das wird noch ein rechtes Stück Arbeit.»

Sie nickte. «Wir müssen ja nicht alles heute machen, aber die Küche schaffen wir noch, was meinst du?»

«Ja, und das sollte dann fürs Erste auch reichen. Die beiden wichtigsten Räume haben wir: das Schlafzimmer und die Küche.»

«So denkst du also», lachte sie, «nur ans Schlafen und Essen!»

«Und ...», er zwinkerte ihr zu, «du weißt schon ...»

Sie schüttelte den Kopf. «Männer!»

Silvia hatte viel mehr gegessen als sonst. Das Organisieren, die Nervosität und die Anspannung hatten sie schon ausgelaugt, und jetzt, mit vollem Magen, kam auch noch die Trägheit hinzu.

Während Thomas sich um den Abwasch kümmerte, räumte Silvia noch einen Karton aus. Wieder einer geschafft, blieben noch fünf.

Zwei Stunden später war Ordnung eingekehrt in der Küche. Die Umzugskartons lagen sauber zusammengefaltet an der Kellertreppe bereit, um mit allen ihren Kumpels, die übers Wochenende noch aus den anderen Zimmern hinzukamen, hinunter getragen zu werden, wo sie dann einer hoffentlich langen Lagerung entgegensahen. Silvia hatte jetzt schon die Nase voll von diesem Umzugsstress. So etwas würde sie sich länger nicht mehr antun. Und so trübselig wie Thomas auf die leeren Kartons blickte, ging es ihm wohl ähnlich.

Sie schlang ihre Arme um seinen Hals und küsste ihn. «Herzlichen Glückwunsch, Herr Tanner, Sie haben Ihr Tagessoll erreicht!»

«Sie aber auch, Frau Tanner. Das heißt, wir dürfen uns jetzt gemütlich ins Bett kuscheln.»

«Genau!»

Im Bad entstand noch einmal etwas Unruhe, als sie beide nach ihren Zahnbürsten suchten, dann konnten sie sich endlich ins Bett legen.

Als Silvia erwachte, war es kurz nach zwei Uhr nachts. Sie war schweißgebadet, hatte sich hin und her gewälzt. Albtraumgestalten geisterten noch durch ihr

24

Sichtfeld, böse Kreaturen mit Hörnern, die ihre Hände nach ihr ausstreckten und sie zu sich in die Hölle hinab zu ziehen versuchten.

Einen Moment lang wusste sie nicht, wo sie sich befand. Dann dämmerte es ihr: der Umzug! Sie schliefen zum ersten Mal im eigenen Haus. Sie schwang die Füße aus dem Bett und fröstelte, als sie auf den kalten, rauen Holzboden trafen. Endlich fand sie ihre Pantoffeln und schlüpfte hinein. Das machte es etwas besser. Wärmer.

Ihr Mann lag friedlich zusammengerollt auf seiner Seite des Bettes und atmete ruhig ein und aus. Ob sie ihn wecken sollte? Sie entschied sich dagegen. Ein Schluck Wasser würde sie beruhigen. Sie schlurfte die Treppe hinab zur Küche. Ihr Mund fühlte sich rau und trocken an, als hätte sie sämtliche Flüssigkeit ausgeschwitzt.

Die Treppe knarrte. Silvia zuckte zusammen, dann lachte sie über ihre Angst. Sie würde sich daran gewöhnen müssen, immerhin war es ein Holzhaus. Und das hatte sie von ihrem Papa gelernt: Ein Holzhaus schläft nie. Es wächst und formt sich ständig um. Mit jeder Temperaturänderung verzogen sich die Balken und Bretter unmerklich, aber doch hörbar.

Von unten aus dem Keller drangen ebenfalls Geräusche empor, allerdings kein Knacken von Holz, sondern eher das Schleifen von etwas, das über nackten Steinboden gezogen wird!

Mit einem schnellen Druck auf den Lichtschalter durchflutete Helligkeit die Küche, sodass Silvia die Augen zusammenkneifen musste. Immerhin brachte das Licht auch die Geräusche aus dem Keller zum Verstummen.

Sie schnappe sich ein Glas aus dem Küchenschrank, den sie erst eingeräumt hatte, und füllte es mit klarem Leitungswasser.

Es war kühl und erfrischend. Silvia hoffte, dass sie danach wieder einschlafen konnte. Jetzt, im hellen Licht der LED-Röhren, schien auch das Knacken im Gebälk aufgehört zu haben, obwohl das natürlich keinen sinnvollen Zusammenhang ergab. Sie trank noch ein zweites Glas Wasser, dann löschte sie das Licht und ging zurück ins Schlafzimmer.

Kaum lag sie wieder neben ihrem Mann, der immer noch ruhig und gleichmäßig atmete, hörte sie wieder diese ungewöhnlichen Geräusche. Waren das Schritte? Oder nur ein trockener Holzbalken, der sich dehnte? Ein Knistern wie von Feuer war es nicht, oder? Sie dachte darüber nach, Thomas zu wecken, doch dann schalt sie sich selbst: Hör auf dich selbst verrückt zu machen! Schlaf jetzt einfach weiter!

So einfach, wie sie es voriges Jahr im Motivationsseminar gelernt hatte, war das allerdings nicht. Silvia lauschte genau auf jedes Knacken, jedes Klicken, jeden Windhauch in dem gar nicht so stillen Haus. Wie sollte sie hier jemals wieder einschlafen können?

Nur wenige Minuten später hatte sich diese Frage von selbst beantwortet. Die Erschöpfung des Tages hatte sich ihrer wieder bemächtigt und Silvia glitt wieder ins Land der Träume zurück.

Als sie das nächste Mal erwachte, erklangen im Radiowecker die Frühnachrichten. Sie hörte nur mit einem

Ohr zu: In Indonesien hatte ein Tsunami ein Rockkonzert weggespült, in Südamerika kämpfte wieder einmal ein Land gegen den finanziellen Ruin und in Deutschland versuchte eine rechtsextreme Gruppierung durch fremdenfeindliche Aussagen Wählerstimmen zu gewinnen.

Thomas war bereits aus dem Pyjama geschlüpft und auf dem Weg ins Bad für eine erfrischende Dusche.

«Wie kannst du nur so munter sein?», fragte sie.

«Ich habe wunderbar geschlafen! Und heute ist Samstag, da können wir zum ersten Mal unser neues Haus so richtig genießen!»

Während Thomas unter der Dusche stand, schlurfte Silvia in die Küche. Das Knarren der Treppe klang nicht mehr bedrohlich, sondern einfach nach einem Holzhaus. Von draußen fielen die ersten Sonnenstrahlen ins Haus und verdrängten die Dunkelheit in die stillen Winkel unter der Treppe. Ihre düsteren Albträume und nächtlichen Erlebnisse verblassten im Licht des frischen Tages. Doch als sie die Treppe hinab kam, fiel ihr Blick wieder auf einen grünen Schlammfleck, diesmal an der Wand direkt neben der Haustür.

«Noch einer?», murmelte sie. Der war gestern bestimmt nicht da gewesen, das hätte sie gesehen! Sie holte einen Lappen aus der Küche und wischte den Fleck weg. Und jetzt endlich ein Kaffee! Bevor sie den ersten Kaffee des Tages getrunken hatte, war sie normalerweise nicht ansprechbar. Und nach dieser unruhigen Nacht brauchte sie einen besonders starken Muntermacher.

Während das dunkle Gebräu in die Tasse floss und einen herrlichen Duft verbreitete, sah Silvia aus dem

Fenster zum Brunnen. So etwas hatte sie sich schon immer gewünscht, ein Haus mit einem leise plätschernden Brunnen davor. So richtig wie auf dem Lande. Allerdings war er in ihrer Vorstellung sauber und mit einem hübschen Blumengesteck dekoriert. Ihrer war stattdessen noch über und über mit Schlamm bedeckt und wartete sehnsüchtig auf eine intensive Reinigung.

Sie nippte an ihrem Kaffee. Wie viel es noch zu tun gab, bis dieses Haus endlich ihres wäre! Das Einziehen an sich war ja vermutlich in den nächsten paar Tagen erledigt, aber die eigentliche Arbeit kam erst danach. Es würde viel Zeit brauchen, aus diesem Haus ihr eigenes zu machen. Sie würde es mit Liebe erfüllen, mit ihrem eigenen Karma auftanken und bestimmt das eine oder andere umbauen und dekorieren.

Sie hatte schon viele Ideen. Als Erstes wollte sie ihr Arbeitszimmer herrichten, dann hatte sie ihren persönlichen Ausgangspunkt, zuerst für das Unternehmen Eigenheim und danach für ihre Selbstständigkeit.

Oben stieg Thomas fröhlich pfeifend aus der Dusche. Wie schön, dass er sich durch das Chaos im Haus nicht von seiner guten Laune abbringen ließ. Dann würde er mehr dazu beitragen, hier so etwas wie Normalität herzustellen und sie musste nicht alles alleine einrichten.

Sie trank ihren Kaffee aus und murmelte: «Dann sollte ich wohl auch mal in die Gänge kommen.»

Als sie, ebenfalls frisch geduscht, wieder ins untere Stockwerk kam, war Thomas bereits an der Arbeit. Er räumte gerade die Flaschen in ihre Hausbar ein. Den al-

28

ten Whisky, den Gin und seinen persönlichen Favoriten, den Tequila, sowie die vielen anderen Getränke, die sie vor allem für Gäste bereithielten.

Sie hatte nie verstehen können, warum er das ganze Zeug hortete. Aber das war eben etwas, was er von seinem Vater übernommen hatte. Es gehörte sich einfach, dass man eine einigermaßen gut eingerichtete Hausbar besaß. Wenn dann einmal Gäste zu Besuch kamen, konnte man denen auch etwas Gutes anbieten. Eigentlich ein Witz, weil sie selten Gäste hatten. Aber vielleicht änderte sich das mit dem eigenes Haus.

«Guten Morgen, meine Schöne!»

«Du bist ja schon wieder fleißig.»

«Klar. Je schneller wir uns hier eingerichtet haben, umso schneller fühlen wir uns auch so richtig zu Hause.»

Sein Tatendrang war erstaunlich. So kannte sie ihn gar nicht. Normalerweise verebbte seine Energie schnell und dann blieb die ganze Arbeit an ihr hängen. Aber so lange diese Energie ihn noch durchströmte, sollten sie den Schwung nutzen. Es gab schließlich noch viel zu tun.

Alleine im Wohnzimmer standen noch acht Kartons, die darauf warteten, ausgeräumt zu werden. Und das war ja nur die Spitze des Eisbergs. Jeder einzelne Raum im Haus war noch komplett zugestellt mit Kartons, Taschen und Möbelstücken, die noch an ihren richtigen Platz gerückt werden mussten.

Warum besaßen sie überhaupt so viel Zeug? Eine Hausbar für Gäste, die nie kamen, Sonntagsgeschirr, das sie nie benutzten, Abendkleider, die sie für einen einzigen

Theaterbesuch gekauft hatten. Das viele Geld, das sie für diese Dinge ausgegeben hatten!

Dabei hatte Thomas doch schon immer seine Bedenken gehabt, wenn es um Geld ging. Er hatte immer Angst zu verarmen, scheute finanzielle Risiken, die sich nicht versichern ließen. Als er die Unterschrift unter den Vertrag für die Hypothek setzte, hatte seine Hand gezittert.

Thomas dachte im Moment weder an Geld noch an die Arbeit, sondern freute sich einfach darauf, dass sie hier bald fertig eingezogen waren. Er riss den nächsten Karton auf und nahm sich dessen Inhalt vor: ihre Fotoalben. Er nahm das erste zur Hand und blätterte es durch. Es waren die Bilder von ihrer Hochzeitsreise nach Mauritius. Der saubere Sandstrand, der pyramidenförmige Bungalow und die großen weißen Buchstaben LOVE, die eine atemberaubende Kulisse bildeten für Fotos mit dem Sonnenuntergang.

«Schatz, schau mal. Vier Jahre ist das jetzt schon her.»

Silvia setzte sich zu ihm aufs Sofa.

«Ach, ich weiß noch genau, die Flasche Champagner, die im Zimmer bereitstand, als wir eintrafen und die schöne Dekoration aus Früchten und Blumen.»

«Und hier das Foto vom ersten Abend. Wir sehen müde aus von dem langen Flug.»

«Aber auch glücklich.»

«Ja», seufzte Thomas. «Hast du auch manchmal das Gefühl, dass wir uns seither verändert haben?»

«Inwiefern?»

«Naja, dieses Unbeschwerte, Übermütige, das wir damals hatten ... wo ist das hin?»

Silvia betrachtete die Fotos und dachte daran, wie sie immer lachen konnten, so frei und unbeschwert. «Ja, wir sind älter geworden und vielleicht auch reifer.»

«Und langweiliger?»

Sie blätterte weiter zu den Bildern aus dem Restaurant, in dem sie Krokodilfleisch probiert hatten.

«Ja, vielleicht auch langweiliger. Aber eigentlich gehört ja auch eine große Portion Mut dazu, ein Haus zu kaufen, oder?»

«Vielleicht. Immerhin haben wir jetzt eine halbe Million Schulden. Hoffen wir, dass die Bank das nicht plötzlich zurückhaben will.»

So hatte Silvia das noch nie betrachtet. Sie hatte immer nur das Haus gesehen, die günstigen Zinsen im Vergleich zur Wohnungsmiete. Aber als Thomas das jetzt so aussprach, wurde ihr zum ersten Mal auch etwas mulmig. «Das klappt schon. Oder?»

«So lange ich gut Versicherungen verkaufe.»

«Und ich habe ja auch noch ein Einkommen.»

«Ja, noch. So lange du noch angestellt bist. Aber wenn du dich selbstständig machst ...»

«Das wird am Anfang etwas Geduld brauchen, aber sobald das so richtig anläuft, kann ich auch wieder etwas zu unserem Verdienst beisteuern.»

Thomas klappte das Album zu. «Weißt du, darüber wollte ich auch noch mit dir reden. Hältst du das wirklich für eine gute Idee, dass du dich selbstständig machst?

Warum bleibst du nicht einfach in der Agentur? Die mögen dich doch so gern. Und wenn wir dann Kinder haben, hörst du auf zu arbeiten und hast Zeit für unsere Kinder.»

«Aber du warst doch damit einverstanden, dass ich hier in unserem kleinen Häuschen mein eigenes Atelier einrichte?»

«Weißt du», Thomas schluckte schwer, «mir ist einfach nicht so richtig wohl, wenn du arbeiten musst. Ich müsste doch eigentlich genug verdienen, um unseren Lebensunterhalt zu finanzieren.»

«Aber es geht doch nicht nur ums Geld, sondern auch darum, etwas Sinnvolles zu tun. Ich will mehr aus meinem Leben machen, als nur Windeln zu wechseln.»

«Aber wir waren uns doch einig, dass wir Kinder haben und du dann zu Hause bleibst.»

«Das tue ich ja. Aber ich kann doch nicht einfach nur herumsitzen, ich will eine Aufgabe haben.»

«Klar! Das Aufziehen unserer Kinder natürlich!»

«Aber nicht nur. Da muss es doch noch mehr geben!»

Jetzt war die gute Stimmung doch gekippt. So ein Mist! Silvia nahm sich das nächste Fotoalbum und blätterte lustlos darin. Sie blieb bei den Fotos vom Städteflug nach Paris hängen. Das waren diese tollen Zeiten, wo sie einfach mal übers Wochenende irgendwo hingeflogen waren. Nur sie beide, ohne Verpflichtungen, ohne aufs Geld schauen zu müssen. Wollte sie das wirklich alles aufgeben für Kinder?

«Weißt du», sagte sie, «ich will einfach meine Eigenständigkeit nicht verlieren. Ich will ja auch Kinder haben, aber sie sollten nicht mein ganzes Leben diktieren.»

Thomas nahm sie in den Arm. «Das verlangt ja auch keiner.» Er nahm ihr das Album aus der Hand und küsste sie.

«Wir müssen das ja nicht sofort entscheiden. Lass uns weiter einräumen, damit wir irgendwann fertig werden.»

Sie blickte wehmütig auf die restlichen Fotoalben. «Ja, das ist vermutlich das Beste.»

Sie überließ es Thomas, diesen Karton fertig auszuräumen und riss den nächsten auf: ihre Bücher. Das würde schnell gehen. Ihr Bücherregal umfasste nur ein paar Kochbücher, einige Reiseführer und ein paar wenige Romane.

Als Nächstes baute Thomas die Musikanlage auf. Es wurde Zeit, dass sie etwas Radio hören konnten, dann ging die Arbeit bestimmt leichter.

Doch die jüngsten Nachrichten waren nicht gerade motivierend. In den Bergen hatte es ein Zugunglück gegeben, bei dem ein halbes Dutzend Menschen gestorben waren, im Bodensee war ein Mann ertrunken, auf der Autobahn war eine junge Familie in einem tragischen Unfall ums Leben gekommen. Ob man da wirklich noch eine Familie gründen wollte?

Immerhin schlossen die Leute nach solchen Nachrichten eher Versicherungsverträge ab. Ängstliche Menschen waren gute Kunden. Und dann war da noch die Sache mit der Lebensversicherung. Wenn er jetzt die Hypothek am Hals hatte und auch noch mit Silvia eine Familie gründen wollte, müsste er für sich selbst einen entsprechenden Vertrag abschließen, damit seine Familie versorgt wäre, falls ihm etwas zustieße.

Allerdings benötigte das auch wieder Geld für die monatlichen Prämien. Überall kamen nur Kosten auf sie zu. Vielleicht war es doch etwas voreilig gewesen, das Haus zu kaufen? Vielleicht hätten sie sich das noch einmal überlegen sollen? Aber jetzt gab es kein Zurück mehr. Es war zu spät, um noch etwas daran zu ändern. Und eigentlich war es ja ein schönes Haus. Ideal für eine junge Familie. Sogar Silvias Mutter fand das Haus schön, was eigentlich schon wieder ein Grund zur Sorge war.

DREI

Das wuchtige Sofa mit dem roten Samtbezug wirkte zwar riesig in diesen Raum, aber es lud ein, sich gemütlich darauf niederzulassen. Die große Wohnwand aus Nussbaumholz wirkte deutlich weniger düster, wenn sie mit Büchern und CDs gefüllt war. Die Musikanlage und der Flachbild-Fernseher standen an ihren Plätzen und waren fertig verkabelt. Aus dem Radio erklang ein Kuschelrock-Klassiker.

Silvia schlang die Arme um ihren Mann und drängte ihren Körper dicht an seinen. «Was meinst du, sollen wir das Wohnzimmer auch einweihen?»

Sie drängte ihn zum Sofa und während sie ihn küsste, zwang sie ihn mit ihrem eigenen Körpergewicht dazu, sich auf dem weichen Samt auszustrecken. Er duftete nach seinem herben Männerparfüm, das sein Bestes tat, um den leichten Schweißgeruch zu überdecken.

Ihre Küsse wurden fordernder, ihre Hand glitt unter sein T-Shirt. Er schauderte, drängte sich ihrer kühlen Hand entgegen.

Sie zog ihm sein T-Shirt über den Kopf und liebkoste seine Brust mit ihren Lippen, wanderte langsam tiefer, während sie gleichzeitig seinen Gürtel öffnete und seine Hose abstreifte.

Kaum hatte sie das geschafft, schlüpfte sie aus ihren eigenen Kleidern, warf sie achtlos von sich und nahm ihren Mann in sich auf. Sie genoss dieses tolle Gefühl der Verbundenheit mit seinem Körper, bewegte sich rhythmisch auf und ab, liebte ihn auf diese animalische Art, die irgendwie nur außerhalb des Schlafzimmers möglich war.

Wenn einmal Kinder da waren, wäre solch ungestümer Sex im Wohnzimmer nicht mehr möglich, schoss es ihr durch den Kopf. Ob sie dann wirklich zu einem braven Hausmütterchen wurde? Dieser Gedanke brachte sie kurz aus dem Rhythmus. Fast wäre ihre Lust daran erstickt, doch ein Blick in seine halb geschlossenen Augen holte sie wieder zurück.

Sie spürte seine Ekstase, genoss die heiße Leidenschaft, den Schweiß zwischen ihren beiden Körpern, das Ungestüme in seinen Hüftbewegungen.

Doch noch bevor sie ihren Höhepunkt erreichten, riss ein heftiges Rumpeln im oberen Stockwerk sie aus ihrer Leidenschaft.

«Was war das?», fragte Thomas.

«Keine Ahnung, aber das muss jetzt warten.» Sie küsste ihn, bewegte sich wieder auf ihm, versuchte in ihren Rhythmus zurückzufinden. Allerdings war die Leidenschaft jetzt definitiv verflogen. Sie erreichten zwar fast zeitgleich den Höhepunkt, doch es wirkte mechanisch, als ob sie einfach ihr Pflichtprogramm zu Ende abspulten.

Erschöpft und etwas enttäuscht, stieg sie wenig später von Thomas herunter und suchte sich ihre Kleider zusammen.

«Ich frage mich, was das war?», meinte er, während er die Hose hochzog und sein T-Shirt überstreifte.

«Was auch immer es war, es kam im absolut dümmsten Moment. Lass uns nachsehen gehen.»

Sie schlüpfte schnell in ihre Kleider und eilte voraus ins Obergeschoss. Sie stapften durch alle Räume, bis sie in Thomas' Arbeitszimmer fündig wurden. Ein Umzugskarton lag umgekippt da und offenbarte seinen Inhalt: Büroklammern, ein Locher, ein paar Schnellhefter, Kugelschreiber und noch vieles mehr. Der ganze Kleinkram eben, den es in einem Büro so braucht.

«So ein Mist», sagte Silvia und fügte in Gedanken hinzu: *Schon wieder hat uns Thomas' Arbeit von unserer Beziehungspflege abgehalten.*

Thomas betrachtete die Unordnung. Sein Home-Office hatte schon viele Vorteile, aber jetzt gerade sehnte er sich zurück an dieses unbequeme Stehpult, das er sich mit zwei anderen Vertretern bei der Versicherung geteilt hatte. Da herrschte wenigstens Ordnung und Ende Monat kam ein festes Salär aufs Konto.

Damit war schon länger Schluss. Seit er sich vor einem halben Jahr als unabhängiger Versicherungsbroker betätigte, waren die Provisionszahlungen sein einziger Verdienst. Zunächst war es gut angelaufen und er war fast auf sein ursprüngliches Gehalt gekommen. Aber in letzter Zeit hatte er ein paar Mal Pech gehabt und weniger Abschlüsse gemacht. Und dazu kam jetzt auch noch die halbe Million, die sie der Bank schuldeten.

Abgesehen vom unsicheren Einkommen hatte seine Selbstständigkeit allerdings auch einige Vorteile. Er hatte abends Zeit, um den nächsten Tag vorzubereiten, während Silvia das Essen kochte. Auch wenn er dann manchmal abgelenkt war durch den Geruch nach einem frisch gebratenen Kotelett oder dem köstlichen Duft des Ratatouille, das Silvia so besonders gut zubereitete.

Ihm lief schon beim Gedanken daran das Wasser im Mund zusammen, doch jetzt war nicht die Zeit dafür. Jetzt sollte er dieses Chaos aufräumen.

Und dann entdeckte er etwas an der hinteren Wand, wo künftig sein Regal für die Ordner stehen würde. «Woher kommt das denn?»

«Was?»

«Na dieser grüne Fleck da.» Thomas rückte das Regal etwas zur Seite, um festzustellen, ob es dahinter auch Spuren davon gab.

«Schon wieder? Das ist jetzt schon der Dritte!»

«Und was ist das?»

«Keine Ahnung. Irgendwelches grünes Zeug. Ich hole einen Lappen.» Silvia atmete schwer aus, als sie sich umdrehte und davonging.

Thomas war ratlos. Was sollte er jetzt tun? Was erwartete Silvia von ihm? Sollte er hier warten oder ihr hinterhergehen? Das waren diese gefährlichen Momente in ihrer Beziehung, wo ein falscher Schritt eine große Szene auslöste. Schließlich entschied er sich dafür, das Chaos in dem Zimmer immerhin so weit aufzuräumen, dass Silvia einen guten Zugang zu dem Fleck bekam.

38

Nach dieser unfreiwilligen Reinigungsaktion saßen sie zusammen in der Küche. Silvia aß einen Apfel und Thomas trank ein Glas Wasser, als sein Handy läutete.

«Robert! Hallo! Alles klar bei dir?», schrie er ins Handy. «Einen Moment, ich geh schnell ins Büro.»

Er verschwand und Silvia hörte, wie er die Treppe hinauf stieg. Sie setzte sich ins Wohnzimmer und schaltete den Fernseher ein, zappte durch die Kanäle, suchte nichts Bestimmtes, sondern einfach etwas Ablenkung, während sie ihren Apfel ass und darauf wartete, dass Thomas wieder auftauchte. Sie fand nur endloses Gerede über gar nichts, Promi-News, Gerichtsserien, alles Quatsch!

Immerhin lenkte es von der vielen Arbeit ab, die im ganzen Haus unübersehbar herumstand. Und Thomas war bereits wieder im Alltag angekommen. Ihn riefen schon wieder irgendwelche Kunden an mit ihren vermeintlich wichtigen Problemen. Dabei konnte das gut auch bis Montag warten. War es denn zu viel verlangt, dass Thomas wenigstens am Wochenende für sie da war und ihr im Haus half?

Sie spürte, wie eine Wut in ihr aufstieg, die sie früher nicht gekannt hatte. Als sie noch in der Dreizimmerwohnung gelebt hatten, hatte sie ihm auch oft hinterher geräumt, wenn er mit Kunden telefonierte. Aber das musste sich jetzt ändern!

Frustriert und genervt zugleich schaltete sie den Fernseher aus, knallte die Fernbedienung auf den Couchtisch und da sah sie ihn. Noch so ein grüner Fleck, diesmal hinter dem Fernseher.

«Was soll dieser Mist?», knurrte sie und holte erneut einen Lappen. Wieder hinterließ der Fleck keine Spuren, zumindest keine sichtbaren. Innerlich allerdings legten sich Zweifel auf Silvias Herz. Hätten sie das Haus genauer anschauen sollen? Hatten sie sich in etwas hinein drängen lassen, für das sie noch nicht bereit waren? Vielleicht waren diese Flecken ja ein Zeichen, dass dieses Haus nicht für sie bestimmt war, dass sie sich etwas anderes suchen sollten?

Oben hört sie Thomas im Büro rumoren. Bestimmt durchwühlt er die Umzugskartons auf der Suche nach dem Vertrag mit diesem Robert. Wenn er wieder herunter kam, war er bestimmt sauer. Er hasste Unordnung und wenn er etwas suchen musste, war er immer stinkig.

Es wäre besser, wenn sie inzwischen ihr eigenes Arbeitszimmer einräumen würde. Wenn er sah, dass sie etwas Sinnvolles tat, würde er weniger meckern. Sie ging also hinüber in den kleinen Raum, der einmal ihr Arbeitszimmer werden sollte. Klein, gemütlich und ganz ihr eigenes Reich.

Da stand schon ein Regal, das später die Tapeten- und Teppichmuster aufnehmen würde sowie die Kataloge mit den Keramikplatten und jene mit den Bodenbelägen, aber im Moment herrschte auch hier noch absolutes Chaos.

Doch sie kam nicht weit. Kaum hatte sie den ersten Karton aufgerissen und die ersten Bücher in das Regal gestellt, läutete ihr Handy.

40

«Hallo Mama», sagte sie laut. Seit ihre Mama nicht mehr so gut hörte, musste Silvia immer fast schreien am Telefon.

«Das Haus hat so seine Tücken. Aber ich denke, das werden wir hinbekommen», beantwortete sie die Frage, wie es beim Einzug liefe.

Von den seltsamen grünen Flecken erzählte sie nichts. Mama sollte nicht wissen, dass mit dem Haus vielleicht etwas nicht stimmte. Sonst würde sie sofort auftauchen und auf ihre mütterliche, besserwisserische Art alles noch mehr durcheinanderbringen. Sie hatte bestimmt von einer Kaffeefahrt oder aus einer Dauerwerbesendung ein überteuertes Reinigungsmittel, das sie dann mitbringen würde, und das auch nicht besser funktionierte als Silvias nasser Lappen.

Aber natürlich wollte Mama sich das Haus ansehen und das konnte sie ihr ja kaum verwehren.

«Gut, wir sehen uns dann morgen, hab dich lieb», sagte Silvia zum Abschluss. Das stimmte zwar nicht immer, aber heute schon.

VIER

Thomas saß am Boden inmitten von Ordnern, ausgekippten Archivschachteln, Kopierpapier, Aktenhüllen, Briefumschlägen und vielem mehr. Manches davon sauber sortiert, anderes wild durcheinander.

Immerhin hatte er Roberts Verträge gefunden. Danach war es nur noch eine Frage von zwei Anrufen gewesen, bis er für Robert, der bei einem Auffahrunfall seinen eigenen und einen weiteren Wagen geschrottet hatte, einen Ersatzwagen organisiert hatte. Außerdem war bereits alles in die Wege geleitet, damit die Vollkasko-Versicherung alle Schäden zeitnah ersetzte.

Thomas legte sein Handy weg und schaute sich die Bescherung in seinem Arbeitszimmer an. Er musste das so schnell wie möglich in Ordnung bringen. Es war ja eher selten, dass jemand am Wochenende anrief, aber er wollte seinen Kunden diesen Service bieten. Gerade hatte er so viel Zeit verschwendet mit Suchen, dass er jetzt nicht so tun konnte, als wäre das nicht wichtig, und einfach wieder hinunter zu Silvia gehen. Er musste das unbedingt aufräumen. Am besten sofort!

Alles sollte seine Ordnung haben, musste fein säuberlich alphabetisch einsortiert sein, damit er jedes Dokument auf einen Griff hervorziehen konnte. Das war nämlich seine andere große Stärke: schnell und unkompliziert auf alles eine Auskunft zu geben, wenn einer seiner Kunden anrief.

Das vierstöckige Drehregal hatten die Möbelpacker am Stück transportiert. In jede Etage passten zwölf Ordner. Zuoberst kamen die Akten der Privatkunden hin, direkt darunter, genau auf Brusthöhe, die wichtigsten Unterlagen, nämlich jene der Firmenkunden. Wieder eine Stufe tiefer seine eigene Buchhaltung und der restliche Firmenkram und ganz zuunterst das private Zeug: Steuerdokumente, Akten über den Hauskauf, Bankpapiere.

Als er jetzt die verschiedenen Ordner zusammensuchte und einsortierte, dachte er darüber nach, ob die Art, wie er seine Dinge im Regal priorisierte, einen Einfluss auf sein Leben hatte. Seine persönlichen Dinge kamen ganz zuunterst. Natürlich mussten die Kunden ganz oben sein, schließlich bezahlten sie die Rechnungen, aber hatte sich nicht Silvia erst kürzlich darüber beschwert, dass er seiner Arbeit mehr Gewicht gab als ihrem Privatleben?

Andererseits, wenn sie nun bald Eltern wären, wäre es noch wichtiger, dass seine Geschäfte gut liefen, besonders da sie jetzt auch noch die Hypothek am Hals hatten. Das würde Silvia bestimmt verstehen. Vor allem, wenn sie dann mit der Arbeit aufhörte und sich ganz um Haus und Kinder kümmerte.

Er hatte das schon genau ausgerechnet. Silvia könnte schon in ein paar Monaten schwanger sein und in einem Jahr das erste Kind bekommen. Danach würde sie sich wohl zuerst eine Zeitlang erholen wollen, also würde

43

es noch einmal ein Jahr dauern, bis das zweite Kind da war, dann noch eines, dann wäre er stolzer Vater von drei Kindern. Dann hätte er seine lang gehegten Ziele alle erreicht: ein eigenes Haus, eine süße, kleine Familie und einen guten Job, der das Ganze finanzierte.

Silvia wollte zwar unbedingt nach der Geburt des ersten Kindes noch weiter arbeiten, aber wenn dann alle drei Kinder da wären, würde sie einsehen, dass es Sache des Mannes war, das Geld zu verdienen, und es ihre Aufgabe war, für Haus und Kinder zu sorgen.

Zufrieden schaute er sich in seinem frisch eingerichteten Arbeitszimmer um. Er hatte ganze Arbeit geleistet, alles war systematisch organisiert. Nichts war dem Zufall überlassen, alles perfekt durchorganisiert, auch wenn die meisten der Ordner noch viel freien Platz hatten. Jetzt war er bereit für die vielen Abschlüsse, die er erwartete, sobald er mit einer Organisation nach seinen Vorstellungen arbeiten konnte. Was sollte da noch schieflaufen?

Das war ganz anders als damals, als er noch in der Agentur gearbeitet hatte. Da waren viele Kunden abgesprungen, weil sie sich von ihm vernachlässigt fühlten. Aber was konnte er dafür, dass die in der Agentur so eine Unordnung hatten, dass er sich darin nicht zurechtfand. Als freier Versicherungsbroker hatte er alles selbst im Griff, da gab es keine anderen, die seine Kunden wieder vergraulten, außer den Versicherungen natürlich, die immer wieder Wege suchten, wie sie höhere Prämien verlangen und dafür tiefere Leistungen bieten wollten. Doch im Grunde war das ja kein Problem mehr, ganz im Gegenteil, dann konnte er für seine Kunden regelmäßig neue

44

Verträge aushandeln und immer wieder Provisionen einkassieren.

Zunächst hatte er viele Kunden mitnehmen und deren Verträge neu aushandeln können. Doch Neuaufträge blieben immer öfter aus. Seit er selbst alle Telefonnummern besorgen, die Listen selbst erstellen und abtelefonieren musste, war das Geschäft harziger geworden. Aber jetzt, wo er dieses wunderbar eingerichtete Home-Office hatte, würde alles besser werden.

Zufrieden machte er sich auf den Weg hinunter zu Silvia. Ob sie auch schon etwas erledigt hatte? Vielleicht sogar schon ein Mittagessen gekocht? Vor lauter Auf- und Einräumen hatte er nämlich ganz die Zeit vergessen. Es war schon fast halb zwei, höchste Zeit für eine Stärkung. Aber hätte er das nicht längst riechen müssen? Ein frisch angebratenes Stück Fleisch, ein Gratin aus dem nagelneuen Ofen oder zumindest den salzig-erdigen Geruch von frischem Gemüse? Seltsam. Hatte Silvia denn gar nicht daran gedacht, dass dies ihre Aufgabe war?

Die Küche war tatsächlich leer und unberührt. Er fand Silvia in ihrem künftigen Arbeitszimmer, wo sie dabei war, Stoffmuster nach Farben zu sortieren und in ein Regal einzuräumen.

«Hast du gesehen, wie spät es ist?», fragte er. «Wir hätten schon vor einer Stunde essen sollen.»

«Ich hatte noch keinen Hunger und ich dachte, dass du vielleicht zuerst dein Büro einräumen willst.»

«Das schon, aber jetzt habe ich Hunger, und es ist nichts zu essen da.»

«Keine Sorge, das geht schnell. Ich schiebe uns eine Tiefkühlpizza in den Ofen. Lass mich hier nur kurz fertig machen.»

Er würde diesmal noch darüber hinweg sehen. Das war bestimmt ein einmaliges Versehen. Immerhin war noch alles neu und Silvia hatte wohl in der Aufregung die Zeit vergessen. «Ich bin dann schon mal in der Küche.»

Als Silvia wenig später auch die Küche betrat, saß ihr Mann am Tisch und sah etwas verloren aus. Sie hatte erwartet, dass er zumindest zwei Teller sowie Messer und Gabel bereitlegte. Doch sogar das schien ihm zu viel zu sein. Naja, es war der erste Tag im neuen Haus und er war bestimmt geschafft vom Umzug. Solche Sachen brachten ihn schrecklich durcheinander. Mit dieser Un-ordnung und den überall verteilten Umzugskartons kam er einfach nicht zurecht.

Ein Glück, dass sie daran gedacht hatte, für ihn eine Salami-Pizza zu kaufen. Das stimmte ihn normalerweise wieder etwas zufriedener. 'Frisch wie aus dem Steinofen' versprach die Aufschrift auf der Verpackung. Doch in Wirklichkeit sah die Pizza eher mickrig aus. Ein dünner Teig mit wenig Tomatensoße und etwas Weißem, das vielleicht Käse war, aber mehr wie Schimmel aussah. Und dann die Salami! Kleine, dünne Scheiben von etwas, was nur entfernt an Fleisch erinnerte. Sie hoffte, dass die Piz-za appetitlicher aussah, wenn sie aus dem Ofen kam.

Während der Ofen vorheizte, bereitete sie den Salat vor. Wenigstens der sah frisch und gesund aus. Knackig und kühl, genau so, wie sie ihn am liebsten mochte. Von

46

Hand riss sie die großen Blätter in mundgerechte Stücke, ließ sie in die Schüssel fallen, so luftig und leicht. Sie garnierte das Ganze mit frischen Radieschenscheiben und etwas Schnittlauch. Ihr erster Salat im eigenen Haus, was konnte es Besseres geben?

Thomas schöpfte eine reichliche Portion davon und wartete, bis sie auch so weit war. «Guten Appetit.»

Sie strahlte. «Danke! Das wünsche ich dir auch. Es ist ja nicht gerade ein Spitzenmenü, aber die Atmosphäre und die Gesellschaft zählen ja auch. Und immerhin befinden wir uns in unserer eigenen Küche in unserem eigenen Haus!»

Der Salat schmeckte gleich noch besser bei diesem Gedanken. Und mit dem ersten Bissen merkte Silvia, wie hungrig sie in Wirklichkeit gewesen war. Sie schlang den Salat regelrecht herunter.

Inzwischen erfüllte ein fantastischer Geruch nach frisch gebackener Pizza die Küche.

«Wollen wir eigentlich eine Einweihungsparty geben?», fragte Silvia.

«Ich weiß nicht ... wen würdest du denn da einladen?»

«Naja, die Frauen aus dem Büro, deine Freunde, die ehemaligen Kollegen, vielleicht ein paar deiner Kunden.»

«Mir ist nicht wohl dabei, so viele Fremde in unser Haus einzuladen. Und dann kostet das bestimmt auch eine Menge Geld. Wir müssen die ja dann auch alle irgendwie bewirten.»

«Ach was, da machen wir einfach ein paar dieser Meterbrote, du weißt schon, diese langen Sandwiches, die in kleine Stücke geschnitten sind. Das kostet nicht viel, braucht kein Geschirr oder Besteck und die meisten mögen es.»

Silvia holte die Pizza aus dem Ofen, die jetzt deutlich besser aussah als vor dem Backen. «Oder wir lassen uns etwas von einem Partyservice liefern.»

«Das ist mir aber wirklich zu teuer.»

«Hm, wir müssen das ja nicht unbedingt jetzt entscheiden. Schlafen wir noch einmal darüber. Übrigens, vorhin hat Mama angerufen, sie wird morgen vorbei kommen und uns beim Putzen helfen.»

«Oje. Auch das noch.»

«Heh! Sie ist immerhin meine Mutter!»

«Klar. Aber du weißt ja, ich habe so meine Mühe mit ihrer Art. Wie sie uns alle immer als Betrüger bezeichnet.»

«Sie meint das ja nicht persönlich. Das ist nur wegen dieser alten Geschichte.»

«Ja, ich weiß schon, dieser Typ, der ihr damals diese Lebensversicherung angedreht hat, war schon etwas krass. So etwas würde ich nie tun und trotzdem hält sie mir immer diese Geschichte vor.»

«Ich weiß das. Und ich hab's ihr auch schon mehrmals gesagt.»

Jedes Mal das gleiche Theater. Jedes Mal gerieten Thomas und Mama aneinander wegen dieser alten Geschichte. Dabei war Thomas ganz anders als jener Vertreter, der Mama damals über den Tisch gezogen hatte, dieser schleimige Kerl, der mit lauter Stimme seine Wahrheiten verkündete. Heute war ihr klar, dass er damals nur so

48

laut geredet hatte, um seine Unsicherheit zu überdecken. Aber damals war sie fast noch ein Kind gewesen, hatte nur mit einem Ohr zugehört, als dieser Kerl mit Mama am Küchentisch gesessen und ihr diese überteuerte Versicherung aufgeschwatzt hatte.

Silvia ging um den Tisch herum zu Thomas und umarmte ihn herzlich. «Du hast ja mich geheiratet und nicht meine Mama.»

«Ja. Zum Glück.»

«Und wir könnten tatsächlich Hilfe brauchen beim Putzen. Vielleicht hat sie sogar eine Idee, woher diese grünen Flecke kommen könnten. Ich habe vorhin schon wieder einen wegmachen müssen.»

«Echt? Schon wieder? Naja, hoffen wir, dass es der letzte war.»

FÜNF

Thomas hatte seinen Teller wieder mal einfach in die Spüle gelegt und war in sein Arbeitszimmer verschwunden. Ganz selbstverständlich hatte er ihr den Abwasch überlassen. Silvia schrubbte heftig mit dem Schwamm über den Teller, viel heftiger, als es eigentlich nötig gewesen wäre. Die Tomatensoße hinterließ blutrote Streifen auf dem Schaum. War es zu viel verlangt, dass er wenigstens Danke sagte? Wie war es eigentlich gekommen, dass sie alleine für den Haushalt zuständig war? Früher war das doch anders gewesen? Da hatte er mitgeholfen, hatte zumindest ab und zu abgewaschen. Aber seit er selbstständig arbeitete, hatte er sich verändert. Oder war es seit der Hochzeit, dass er in diesen klassischen Rollenmustern feststeckte, dass die Frau den Haushalt zu erledigen habe und der Mann das Geld heimbrachte?

Sie stellte sich vor, wie sie ihn zur Rede stellte und verlangte, dass sie gemeinsam einen Plan ausarbeiteten, wer wofür zuständig wäre. Vielleicht könnten sie sich darauf einigen, dass er das obere Stockwerk putzte und sie das untere? Oder umgekehrt? Oder er erledigte den Abwasch und sie kochte? Bestimmt würde er dann darauf bestehen, dass sie eine Spülmaschine kauften, was sowieso eine gute Idee wäre. Besonders, wenn später Kinder mit am Tisch saßen.

Während sie diesen Gedanken nachhing, schrubbte sie energisch an dem Geschirr und den scharfen Pizzamessern herum. Nur durch Zufall schaffte sie es, sich nicht daran zu verletzen, aber die Messer hinterließen tiefe Schnitte in dem Schwamm. Wenn sie so in Gedanken war, sollte sie nicht mit Messern hantieren.

Thomas hatte alle Mühe gehabt, nicht zu zeigen, wie es ihn aufbrachte, dass Silvias Mutter schon auftauchen wollte, kaum dass die Möbel abgeladen waren. Immer musste diese Frau ihre Weisheiten von sich geben. Sie hatte zu allem eine Meinung, und meistens kam Thomas dabei nicht gut weg. Menschen, die Versicherungen verkauften, waren in ihren Augen alle Betrüger. Damit konnte er zwar inzwischen umgehen, aber dass sie Silvia auch immer diese Flausen in den Kopf setzte, war das Letzte. Neulich hatte sie doch tatsächlich gesagt, er solle mehr im Haushalt mithelfen. Was dachte sie denn, wie leicht es wäre, das Geld zusammen zu bekommen? Und wenn jetzt auch noch die Hypothek auf dem Haus lastete, musste er noch mehr verdienen. Das war eine verdammte Plackerei, und seine Schwiegermutter kam ihm mit diesem Gerede von Haushalt. Er hatte keine Zeit, sich mit solchen Kleinigkeiten aufzuhalten.

Klar, er hatte auch schon mal den Abwasch erledigt oder die Wäsche in den Keller getragen, aber das war eher ein Gefallen für Silvia als ernsthafte Mithilfe. Wozu auch, das war schließlich die Aufgabe der Frau. Im Grunde war es doch ganz einfach: Der Mann bringt das Geld ins Haus, die Frau sorgt für Haus und Kinder. So war das schon immer und offensichtlich hatte das funktioniert. Seine Eltern hatten das immer so gemacht.

Und jetzt brachte Gisela ihre Tochter auf diese feministischen Ideen. Die Frau habe ein Anrecht auf ihre eigene Karriere und der Mann könne durchaus im Haushalt mithelfen. Da sprach doch nur die verbitterte alte Frau, die ihre eigenen Wünsche auf ihre Tochter projizierte. Er schüttelte den Kopf. Das fehlte gerade noch, dass er neben der ganzen Arbeit auch noch im Haus putzte.

Er heftete die Verträge ab, die er gerade kontrolliert hatte. Ja, es fühlte sich gut an, der eigene Chef zu sein. Sein Schreibtisch war sauber und leer. Das war's für heute. Er loggte sich noch kurz im E-Banking ein und überprüfte den Kontostand. Alles im grünen Bereich. Der Umzug hatte zwar ein heftiges Loch in ihre bescheidenen Ersparnisse gerissen, aber das würde er schon wieder füllen. Und von Silvia kam ja auch bald wieder ein Monatslohn aufs Konto. Es gefiel ihm zwar nicht, dass seine Frau arbeitete, aber im Moment war er ganz froh über das Geld, das sie dafür bekam.

Bis die Kinder da waren, konnte sie ruhig noch etwas angestellt bleiben, damit sie noch etwas Geld ansparen konnten. Einfach zur Sicherheit. Natürlich würde er das auch ohne sie schaffen. Er hatte sich das schon genau ausgerechnet. Wenn er jeden Monat zweihundert Franken pro Kind einzahlte, hätte er für jedes Kind 55'000 Franken für das Studium zur Verfügung, wenn es zwanzig wurde. Das schaffte er auch, ohne dass Silvia arbeiten musste.

Diese Emanzipation hatte überall nur Unruhe gebracht. Verdrehte Familien, wo die Frau das Geld verdiente und der Mann die Kinder erzog. Dieses New-Age-Zeug! Eine Modeerscheinung, die wohl bald wieder verschwinden würde. Jeder wusste doch, dass Kinder nur bei ihrer Mutter glücklich waren.

Neulich hatte Silvia sogar davon geredet, dass sie vielleicht noch nicht gleich Kinder haben wollte. Unglaublich! Das hatte ihr bestimmt auch Gisela eingeredet. Wer weiß, wie sie darauf gekommen waren. Am Ende würde ihre Mutter ihr das mit den Kindern noch ganz ausreden! Dann müssten sie gemeinsam alt und einsam werden, zwar vermögend, aber kinderlos. Dann würde sein Stamm der Familie aussterben! «Du bist der Einzige, der für den Fortbestand unseres Familiennamens sorgen kann», hatte Papa gesagt. Ein Glück, dass er das nicht mehr erleben muss. Papa würde sich im Grab umdrehen. Er hatte sich damals aufgerieben, um den Lebensunterhalt für sie zu verdienen. Thomas hatte gerade die Ausbildung zum Kaufmann abgeschlossen, als sein Vater an einem Herzinfarkt starb und Mama und ihn alleine zurückließ, mit nichts als einer großen Hypothek auf dem Haus. Die Bank hatte Mama die Hypothek gekündigt wegen der bescheidenen Witwenrente. Der Witz war ja noch, dass die Rente sehr wohl gereicht hätte, aber die Bank hatte die Tragbarkeit mit einem Zinssatz von fünf Prozent berechnet. So ein Unsinn, wo die Zinsen für Hypotheken seit Jahren um ein Prozent herum pendelten.

Sie hatten umziehen müssen in eine kleine Drei-Zimmer-Wohnung. Dort machte Mama zwar einen glücklichen Eindruck, aber Thomas war sicher, dass sie ihm das nur vorspielte, damit er sich keine Sorgen machte.

Und dann war Silvias Mutter in seinem Leben aufgetaucht. Gisela mit ihrem ererbten Vermögen fand, es ginge im Leben nur darum, sich selbst zu verwirklichen. Die hatte ja keine Ahnung. Sie hatte ihm schon immer unterstellt, dass er Silvia nur geheiratet hatte, weil er scharf auf das Erbe war. So ein Quatsch! Als ob ihm dieses Geld etwas bedeuten würde. Er war schließlich ein tüchtiger Mann, der für seine Familie sorgen konnte.

Geschirr und Besteck waren weggeräumt, die Küche sah sauber und neu aus. Zufrieden betrachtete Silvia die glatten, weißen Oberflächen, die glänzende Spüle und den sparsam flüsternden Kühlschrank. Ja, das könnte wirklich ein Zuhause werden. Ihr Zuhause. In ein paar Jahren würde sie hier sitzen mit ihren Kindern und ihrem Mann und beim Abendessen die Neuigkeiten des Tages austauschen. Die Kinder würden von der Schule erzählen, Thomas von seiner Arbeit und sie würde von ihrem neuen Kunden erzählen, dem sie eine Fünf-Zimmer-Eigentumswohnung komplett neu einrichten durfte.

Beflügelt von diesem Tagtraum ging sie hinüber in ihr Arbeitszimmer. Thomas hatte zwar angeboten, ihr beim Aufbau des Computers zu helfen, doch das wollte sie ganz alleine tun. Schließlich würde das ihr Reich werden, ihr ganz persönlicher Ort, wo sie als selbstständige Innenarchitektin für vermögende Kunden Lebensräume

54

gestaltete. Hach! Ihre Gedanken klangen schon wie die Werbesprüche in ihrem Prospekt, den sie als Erstes machen wollte. Darin würde sie ihre Qualitäten so perfekt darstellen, dass die Kunden sich regelrecht überbieten würden, um in den Genuss ihrer Arbeit zu kommen.

Mit dieser Vision im Kopf sah das Durcheinander von Kabeln, die ineinander verschlungen und kaum voneinander zu unterscheiden waren, gar nicht so schlimm aus. Sie verbrachte viel Zeit mit Sortieren, Beschriften und Einstöpseln dieser Kabel und dann kam der magische Moment, in dem sie den Computer zum ersten Mal einschaltete.

Doch der Bildschirm blieb dunkel, die kleine Kontrolllampe in der rechten unteren Ecke ebenso. Etwas stimmte nicht. Sie überprüfte noch einmal die ganze Verkabelung und kam zu dem Schluss, dass alles in Ordnung war. Was war passiert? Hatte der Computer Schaden genommen während des Umzugs? Sie wollte schon Thomas holen, damit er ihr helfe, als sie sah, dass zwar alle Kabel vorschriftsgemäß in der Stromschiene eingesteckt waren, diese jedoch nicht ans Stromnetz angeschlossen war. Sobald dies erledigt war, lief ihr Computer an und sie konnte sich mit dem neuen 3D-Zeichungsprogramm vertraut machen. Das würde noch eine Menge Zeit in Anspruch nehmen, bis sie da durchblickte. Aber immerhin gab es einige Tutorials dazu. Sie startete Tutorial 1 von 18 und vergaß schon bald die Welt um sich herum.

Thomas startete seinen PC und das Internet, öffnete die Straßenkarte der Stadt und begann damit, sich einen

Plan zusammenzustellen, welche Straßen er wann angehen würde. Das war eine Methode, die er selbst entwickelt hatte. Er pickte sich eine Straße heraus und suchte in der Telefonbuch-App dann alle Telefonnummern an dieser Adresse. Leider wurde das immer schwieriger, weil viele ihre Nummer nicht mehr eintragen ließen. Aber es reichte, wenn er in jedem Haus einen Anschluss ermitteln konnte. Wenn er dann schon mal da war, klingelte er spontan bei den Nachbarn und fragte, ob sie vielleicht Zeit für ein Gespräch hätten.

«Guten Tag, ich war gerade bei Frau Müller und habe sie beraten in Sachen Versicherungen. Wäre das vielleicht auch etwas für Sie? Jetzt, wo ich gerade hier bin?»

Dieser Spruch hatte bis jetzt schon ein paar Mal gut funktioniert. Besonders die Ergänzung «wo ich gerade hier bin». Das war ein Argument, das immer zog. Ob das legal war, wusste er nicht, aber so lange er den Leuten jeweils das Rücktrittsrecht bei Haustürverkäufen erklärte, war das vermutlich in Ordnung. Genutzt hatte dieses Recht bisher ohnehin kaum jemand. Er wusste nur von vier Fällen, die es in seiner zehnjährigen Tätigkeit als Versicherungsberater gegeben hatte. Verglichen mit den vielen erfolgreichen Abschlüssen war das kein Thema.

Er suchte sich in der Luftbildansicht eine Straße mit kleineren Mehrfamilienhäusern heraus, also nicht die großen Türme, sondern eher kleinere Gebäude mit vier bis fünf Wohnungen. Dort kannten sich die Leute meist, waren seit vielen Jahren Nachbarn. Wenn er erzählte, dass er bei Müllers gewesen war, konnte er normalerweise auch bei Hubers sein Angebot erklären. Das ist etwas anderes als in diesen anonymen Hochhaussiedlungen, wo keiner den anderen kennt. Schnell hatte er zwei Straßen mit jeweils rund dreißig Häusern gefunden.

Er schrieb sich die Adressen und Telefonnummern heraus. Die würde er am Montagmorgen anrufen. Es war diese Vorbereitung, die den Erfolg brachte.

Im unteren Stockwerk rumpelte es gewaltig.

«Silvia? Alles in Ordnung?», rief er.

«Ja! Nichts passiert!», kam es zurück.

Dann hörte er, wie Silvia Möbel rückte. Er nickte und plante weiter seinen nächsten Arbeitstag.

SECHS

Ja, hier würde sie sich wohlfühlen. Der weiße Schreibtisch mit den Edelstahlfüßen wirkte so elegant vor der weiß lackierten Holzwand. Ebenso das grasgrüne Metall der Schränke und Regale. Diese Second-Hand-Büroeinrichtung war ein tolles Schnäppchen gewesen. Sie hatte zuvor einem Architekten gehört, der seine alten Möbel verkauft hatte, weil sie im neuen Atelier zu billig wirkten. Sie drehte sich einmal im Kreis. Ja! So stand ihrer Selbstständigkeit nichts mehr im Weg.

Wehmütig blickte sie auf die Schubladen mit den Hängeregistern für die aktuellen Aufträge. Die waren noch leer, aber nicht mehr lange! Sie hatte bereits Kontakt zu einem jungen Unternehmer, der mit einer Handy-App offenbar ein Vermögen verdiente. Für ihn sollte sie die Wohnung dezent und doch luxuriös einrichten. Zumindest, wenn sie sich im Preis einig würden. Das war zu Beginn noch ihre größte Sorge. Sie hatte noch keine Referenzen und konnte also nicht so viel verlangen. Andererseits war sie bestimmt ihren Preis wert. Das war für Neukunden ein gewisses Risiko, das sie einzugehen bereit sein mussten.

Sollte sie nun den Preis so festlegen, wie sie es geplant hatte, also nur leicht unter dem Niveau der Agentur, oder doch ein gutes Stück tiefer, weil sie noch keine Referenzen hatte?

Ihr fiel eine Aussage ein, die sie einmal an einem Vortrag gehört hatte: Die Preise zu erhöhen ist immer schwierig, also lieber höher anfangen.

Sie musste ja nicht jeden Auftrag annehmen. So lange Thomas auch gut verdiente, war das alles kein Problem. Da brauchte sie sich wegen des Geldes keine Sorgen zu machen. Sie würde noch einmal darüber schlafen. Doch zuvor war es Zeit, mit einem Glas kühlem Chardonnay ihr fertig eingerichtetes Arbeitszimmer zu feiern.

Von der Küche führte eine steile hölzerne Treppe hinab in den Keller. Dicke Steinmauern auf gestampftem Naturboden. Das Klima dort unten war perfekt für die Sammlung edler Weine, die Thomas anlegen wollte, sobald das Geschäft besser lief. Und natürlich für den Chardonnay, den sie so mochte. Allerdings wimmelte es da unten bestimmt von Ungeziefer, aber es hatte eindeutig Charakter. Und die schwere Eisentür, die den Weinkeller vom Heizungskeller und der Waschküche trennte, machte Silvia Angst. Sie quietschte ohrenbetäubend beim Aufschwingen.

Alles wirkte düster und muffig, eine einzelne nackte Glühbirne spendete nur wenig Licht. In den Ecken lauerten bestimmt Spinnen, Käfer und allerlei anderes Getier.

Sie fröstelte. Eine Spinne, die sie an der Wand sehen konnte, war weniger bedrohlich als eine Spinne, die sie kurz gesehen hatte, von der sie aber nicht wusste, wo sie hingekrabbelt war. Sie konnte hinter jeder Flasche lauern, über ihre Hand wuseln, wenn sie den Wein aus dem Regal nahm.

'Ich darf mir jetzt nur nichts einreden', dachte sie, griff mutig nach einer Flasche und zog sie schnell heraus, damit nicht doch noch eine Spinne über ihre Hand krabbelte.

Dann eilte sie schnell hinaus aus dem düsteren Raum, knipste das Licht aus und warf die Tür ins Schloss. Sie knallte zu, dass das ganze Haus unter dem Schlag zusammenzuckte. Vor Schreck hätte Silvia beinahe den Chardonnay fallen lassen. Die Tür erinnerte sie an jene im Schloss Pankray, das sie im letzten Urlaub in Schottland besichtigt hatten. Dort gab es genau so eine, doch dahinter lag kein Weinkeller, sondern das Burgverlies. Es gab Geschichten, dass dort in dem Verlies dutzende Menschen verhungert seien und jetzt manchmal noch als Geister durchs Schloss heulten. Silvia schauderte. Sie sollte nicht an Geister denken, wenn sie allein im Keller stand.

Was, wenn diese Tür zugefallen wäre, während sie drin war? Hätte sie die Tür überhaupt von innen öffnen können? Und hätte Thomas es gehört, wenn sie ihn gerufen hätte? Der ganze Keller und ganz besonders dieser Weinkeller waren ihr unheimlich.

Wie gut, dass das eher Thomas' Leidenschaft war. Er hatte auch alle Flaschen selbst hinunter getragen, hatte seine wertvollen Flaschen nicht den kräftigen, aber groben Möbelpackern anvertrauen wollen. Einige Male war er dabei gestolpert auf der steilen Treppe und einmal wäre er tatsächlich fast hinab gestürzt. Silvia hatte kaum zusehen können, wie er da mit den schweren Kartons hinab schwankte. Aber er hatte es am Ende geschafft, den bescheidenen Grundstock seiner Sammlung heil hinunter zu bringen.

Sie war froh, als sie wieder die helle, warme und ungezieferfreie Küche vor sich hatte. Jetzt hörte sie Thomas von oben herab schreien: «Alles in Ordnung bei dir?»

«Ja!», schrie sie zurück.

«Was hat so geknallt?»

«Ach, das war die Tür des Weinkellers, die ins Schloss gefallen ist. Nichts weiter.»

«Was hast du denn dort unten gemacht?»

«Ich habe mir eine Flasche Chardonnay geholt. Nimmst du ein Glas mit?»

«Danke. Lieber nicht, ich muss hier noch etwas fertig machen.»

«Okay.»

Silvia nahm sich ein Weinglas aus dem hohen Küchenschrank, schenkte sich einen ordentlichen Schluck ein und setzte sich damit an den Tisch. Alles hier war so neu, so sauber, so ... ihres! Es fühlte sich einfach gut an. Noch besser allerdings würde es sich anfühlen, wenn Thomas sich etwas Zeit für sie nähme. Viel lieber würde sie jetzt nämlich mit ihm zusammen hier sitzen und auf das neue Haus anstoßen.

In diesem Moment läutete ihr Handy. Kathrin war dran.

«Hallo, meine Liebe!»

«Na, wie geht es der frischgebackenen Hausbesitzerin?»

«Wunderbar. Es ist so toll. Ich sitze gerade in meiner neuen Küche und trinke ein Glas Wein.»

«Das klingt ja toll. Ich kann's kaum erwarten, bis du mich im Haus herumführst.»

«Hey, weißt du was, komm doch vorbei, trink ein Glas mit und dann bekommst du eine Führung.»

Kathrin schwieg einen Moment. «Ich will dir aber nicht zur Last fallen, ihr seid bestimmt noch am Einziehen.»

«Ach was, das meiste ist gemacht, und dich stört es doch bestimmt nicht, wenn noch ein paar Umzugskartons herumstehen.»

«Stimmt. Und ein Glas Wein ist auch nie verkehrt. Gib mir eine halbe Stunde, dann bin ich bei dir.»

Silvia freute sich schon darauf. Wenn ihr Mann nicht wollte, konnte sie auch mit ihrer besten Freundin feiern. Eigentlich war es ihr sogar lieber. Kathrin war immer so positiv, sie sah in allem nur das Gute. Ganz im Gegensatz zu Thomas. Der sah beruflich bedingt immer alles, was schiefgehen konnte. Aber Kathrin, die hatte es echt drauf. Selbst als sie wegen einer Unachtsamkeit Ihren Führerschein für drei Monate abgeben musste, fand sie das toll, weil sie dann fitter wurde, wenn sie öfter zu Fuß ging. Und tatsächlich hatte sie sichtbar abgenommen und passte wieder in Kleidergröße 36. Kein Wunder, dass sie jetzt absichtlich aufs Auto verzichtete, obwohl sie wieder fahren durfte. Stattdessen hat sie sich dieses E-Bike gekauft, mit dem sie jetzt bestimmt auch zu ihr hinaus radelte.

«Puh, es ist doch weiter als ich dachte», meinte Kathrin und war trotz der Elektrounterstützung etwas außer Atem.

«Komm, setz dich erst mal und trink ein Glas Wein. Thomas ist oben und arbeitet, du kannst ihm dann Hallo sagen, wenn ich dich rumführe.»

«Er arbeitet schon wieder? Aber es ist doch Samstag.»

«Ja, er nimmt sich das sehr zu Herzen. Die Hypothek belastet ihn sehr. Er kann es kaum ertragen, so hohe Schulden zu haben. Und jetzt setzt er sich gewaltig unter Druck.»

«Na, so schlimm wird das wohl nicht sein, oder?»

«Natürlich nicht, ich arbeite ja auch und gemeinsam verdienen wir mehr als genug, um uns dieses Haus leisten zu können.»

«Na dann, stoßen wir an auf die frisch gebackenen Hausbesitzer.»

Sie prosteten einander zu und nachdem Silvia kurz an ihrem Glas genippt hatte, stellte sie es auf den Tisch und blickte nachdenklich auf die goldgelbe Flüssigkeit. «Weißt du, Thomas macht sich Sorgen, weil ich mich jetzt auch selbstständig machen will. Er ist halt sehr auf Sicherheit bedacht und ich glaube, es läuft bei ihm gerade nicht so gut.»

«Ja. Als Versicherungsagent sieht er halt immer wieder, was alles schiefgehen kann.»

«Das kann gut sein. Aber ich finde, er sollte etwas mehr Vertrauen in die Zukunft haben.»

«Das fällt ihm eben schwer. Vermutlich hat er deshalb für alles Mögliche eine Versicherung.»

Da hatte Kathrin wirklich etwas Wahres ausgesprochen. Sie konnte immer alles so gut auf den Punkt bringen. Darum fühlte sich Silvia auch immer so wohl in ihrer Gesellschaft.

«Aber deswegen sind wir ja nicht hier, lass uns jetzt das Haus besichtigen», sagte Silvia betont fröhlich, nahm noch einen kräftigen Schluck Chardonnay und stand auf.

«Das hier ist die Küche!», erklärte sie mit einer weit ausholenden Armbewegung.

«Was du nicht sagst!» Kathrin lachte schallend. «Aber jetzt im Ernst, sie ist toll. Man sieht deinen Geschmack und deinen Stil beim Einrichten. Du bist eine tolle Innenarchitektin.»

Silvia nahm ihre Freundin am Arm und führte sie durch den kurzen Korridor in ihr Arbeitszimmer. «Und hier wird die große Innenarchitektin später einmal arbeiten.»

Sie deutete in die rechte Ecke. «Und hier, wo jetzt noch gar nichts steht, wird dann einmal der Platz für das Baby sein. Dann kann es dort schlafen, während ich arbeite.»

«Du wirst sehen, das wird perfekt. Ich sehe das schon vor mir. Das wird ein großer Erfolg.»

«Dein Wort in Gottes Ohr! Komm gehen wir weiter.»

Direkt neben dem Arbeitszimmer lag ein kleiner Raum, der gerade groß genug war für Waschmaschine, Trockner und Bügelbrett. Es duftete nach Weichspüler.

64

«Hier sieht mich Thomas wohl am liebsten. Ganz die brave Hausfrau.»

Dann führte Silvia ihre Freundin hinauf ins obere Stockwerk. Es wurde Zeit, dass Thomas ihre Freundin auch begrüßte. Sie klopfte an die Tür seines Arbeitszimmers und öffnete sie dann langsam. Er wollte nicht, dass sie hereinplatzte, wenn er am Arbeiten war. Das störe seine Konzentration, meinte er. Auch jetzt sah er genervt auf, als sie das Zimmer betrat.

«Diesen grimmigen Mann kennst du ja», sagte sie zu Kathrin, was ihm sogar ein Lächeln entlockte.

Kathrin ging auf ihn zu, begrüßte ihn mit einer Umarmung und zwei Luftküssen.

«Ich habe Kathrin eingeladen auf ein Glas Wein und natürlich auf eine Hausbesichtigung», erklärte Silvia überflüssigerweise.

«Ja, das dachte ich mir schon. Dann kann sie gleich beim Einräumen helfen.»

«Das hättest du wohl gerne», lachte Kathrin und knuffte ihn in den Arm. «Das ist deine Aufgabe! Aber jetzt lassen wir dich wieder arbeiten, komm Silvia.»

Mit einigen schwungvollen Schritten war sie wieder im Korridor, hängte sich bei Silvia ein, während sie hinter sich die Türe zuzog.

Diese setzte die Führung fort, führte sie ins Badezimmer. Das war luxuriös und eine Augenweide. Der Boden bestand aus dunklen Schieferplatten, die dank der Bodenheizung angenehm warm waren. In der Mitte des Raumes thronte eine freistehende Badewanne auf elegant geschwungenen, goldfarbenen Füssen. Die Wände waren bis auf Brusthöhe mit den gleichen dunklen Schieferplatten bedeckt wie der Boden, die obere Hälfte strahlte in leuchtend weißem Keramik. Dazwischen ein handbreiter Streifen Chromstahl, der von LED-Lampen begrenzt wurde, was fast etwas zu sehr nach Luxushotel aussah. Auch in der Dusche mit den Glaswänden zog sich dieses Design nahtlos durch. Das Doppelwaschbecken mit den silbern glänzenden und makellos sauberen Wasserhähnen wirkten wie in einem dieser luxuriösen Wellness-Resorts, die sie zwei oder drei Mal im Jahr besuchten. Ebenfalls der übergroße Spiegel mit dem Rand aus LED-Lampen.

«Wow, das nenne ich mal ein Badezimmer», rief Kathrin begeistert aus. «Und diese Wanne! Da würde ich stundenlang drin liegen!»

«Nicht wahr? Wegen dieses Badezimmers habe ich mich für das Haus entschieden.»

Dann führte Silvia ihre Freundin zum nächsten Raum. «Tadaa, hier ist also unser Schlafzimmer.» Und mit einem Augenzwinkern fügte sie hinzu: «Hier soll unser Nachwuchs gezeugt werden.»

«Darf ich», fragte Kathrin ehrfürchtig, bevor sie den Raum betrat. Der hochflorige, hellblaue Teppich dämpfte jeden ihrer Schritte. Ein riesiger Spiegelschrank nahm die ganze Westwand ein. Das Bett, das Richtung Süden ausgerichtet war, sah unglaublich bequem aus. Als sie die Härte der Matratze testen wollte, sank ihre Hand ein und es gluckerte leise. «Ein Wasserbett! So etwas wollte ich auch schon immer!»

«Leg dich ruhig rein, aber auf meiner Seite», sie deutete auf die linke Betthälfte. «Thomas ist da recht eigen.»

66

Kathrin schwebte über den weichen Teppich zur linken Seite und legte sich vorsichtig auf das Bett. Wie sanft es sich um sie schmiegte, wie angenehm das Wasser jeder ihrer Rundungen folgte.

Dann entdeckte sie direkt neben dem Schrank etwas. «Was ist das?»

Silvia starrte fassungslos auf den grünen Fleck. Er war nicht ganz so groß wie ihre Handfläche und sie hätte schwören können, dass er noch nicht da gewesen war, als sie das Zimmer betreten hatten.

«Schon wieder! Das muss jetzt schon der fünfte Fleck dieser Art sein. Die tauchen immer wieder woanders auf.»

Kathrin kämpfte sich umständlich aus dem Wasserbett. Hineinzugelangen war definitiv einfacher, als wieder herauszusteigen. Dann betrachtete sie den Fleck aus der Nähe. Es sah aus wie Schlamm, fühlte sich auch so an, aber irgendwie trockener.

«Hast du eine Idee, was das sein könnte? Und woher es kommt?»

«Nein. Aber ...»

«Was?»

«Ach, war nur so eine Idee. Aber das ist unmöglich.»

SIEBEN

Nachdem der neue Fleck beseitigt und Kathrin wieder gegangen war, klopfte Silvia an die Tür von Thomas' Arbeitszimmer und streckte den Kopf hinein. «Was hältst du davon, wenn wir heute Abend ausgehen?»

Thomas saß verloren hinter einem riesigen Berg Akten. «Aber ...»

«Hör mir auf mit deinem Aber. Die Welt wird nicht untergehen, wenn du mal ein Wochenende nicht arbeitest. Ich hätte große Lust, mal wieder zum Mexikaner zu gehen, wieder mal eine Margarita zu trinken. Wie in den guten alten Zeiten.»

Zu Beginn ihrer Beziehung hatten sie oft die Happy Hour genutzt, um zwei Margaritas zum Preis von einer zu bekommen. Dazu gab es jeweils frische Chips mit Salsa. Eine Zeitlang war das fast ein festes Ritual am Samstagabend. Doch irgendwann hatten sie damit aufgehört.

«Die alten Zeiten finanzieren aber nicht unsere Hypothek», murrte Thomas.

«Stimmt. Aber sie machen mich glücklich und das solltest du dir auch wünschen!»

«Na gut, lass mich das hier nur noch schnell fertig machen. Sagen wir in einer halben Stunde?»

«Bestens, ich springe kurz unter die Dusche.»

68

Endlich wieder mal ausgehen. Das hatten sie schon so lange nicht mehr getan. Thomas war fast jeden Abend unterwegs, um irgendwelche Kunden zu treffen. Und dann musste er auch zu diesen vielen Networking-Anlässen. 'Man muss eben dabei sein, wenn man erfolgreich sein will', sagte er immer. Das mochte ja sein, aber sie saß deshalb oft alleine zu Hause oder war mit Kathrin unterwegs. Mit Thomas ging sie höchsten alle paar Monate mal ins Kino oder ins Theater. Und manchmal musste sie ihn auch zu seinen Business-Events begleiten. Wahnsinnig langweilig, dieses ganze Gerede über das Geschäft. Aber wenn es ihm half, musste sie da eben durch.

Schon erstaunlich, wie wenig sie inzwischen gemeinsam unternahmen. Manchmal fragte sie sich, was ihm eigentlich wichtiger war: seine Frau oder seine Arbeit? Oder war er längst mit seiner Arbeit verheiratet?

Es war höchste Zeit, dass wieder etwas von der alten Fröhlichkeit und Zweisamkeit aufkam. Vielleicht hatte es deshalb noch nicht geklappt mit ihrem Kinderwunsch? Oder verlor Thomas das Interesse an ihr, weil sie an den falschen Stellen etwas rundlicher geworden war? Der große Spiegel im Badezimmer zeigte es ihr schonungslos auf, bevor sie unter der Dusche verschwinden konnte.

Während sie ihren nicht mehr ganz so makellosen Körper einseifte und das warme Wasser darüber laufen ließ, fühlte sie sich wieder etwas besser. Wenigstens war ihre Haut noch straff und jugendlich.

Als sie aus der Dusche trat und sich mit dem weichen Frottee-Tuch abrieb, fühlte sie sich gleich wieder viel besser – und ihre Figur sah auch nicht mehr ganz so schlimm aus, wenn sie das Handtuch um ihren Körper geschlungen hatte. So ging sie hinüber ins Schlafzimmer, um sich anzuziehen.

Die Digitalanzeige des Weckers sagte ihr, dass sie noch etwas Zeit hatte, bis Thomas so weit war. Normalerweise dauerte dieses Ich-mach-das-noch-schnell-Fertig ziemlich lange.

Sie schlüpfte in ihr hübsches rotes Sommerkleid. Ob das warm genug war? Sie warf einen kurzen Blick aus dem Fenster. Die Sonne stand nicht mehr ganz so hoch am Himmel, der noch immer wolkenlos war. Die Bäume und Sträucher am Waldrand standen unbeweglich, kein Lüftchen schien darüber hinweg zu streichen. Es würde heute Abend bestimmt trocken und warm bleiben.

Sie drehte sich noch ein letztes Mal vor dem Spiegel und nickte sich selbst zu. Das passte!

«Ich wäre so weit», rief sie durch die geschlossene Tür, als sie an Thomas' Arbeitszimmer vorbeiging.

«Bin auch gleich fertig», rief er zurück.

«Alles klar. Ich warte im Wohnzimmer.»

Sie setzte sich aufs Sofa und schnappte sich einen Liebesroman. Leichte Lektüre, die ihr das Gefühl gab, die Welt sei in Ordnung. Geschichten, in denen alle Männer wunderschön und aufmerksam waren und alle Frauen attraktiv und erfolgreich. Eine Traumwelt, perfekt um dem Alltag eine Weile zu entfliehen.

Als Thomas vierzig Seiten später schließlich die Treppe herabkam, dachte sie im ersten Moment, sie sei immer noch in der Traumwelt des Romans gefangen. Er

70

hatte sich umgezogen, rasiert und frisiert. In seinem dunkelblauen Anzug sah er atemberaubend aus.

«Wow!», rief sie aus. «Ich fühle mich gerade wahnsinnig underdressed!»

«Aber nicht doch! Du siehst wundervoll aus!»

«Ich fand es angemessen, dass ich mich gut anziehe, immerhin haben wir unseren erfolgreichen Umzug zu feiern.» Seine blauen Augen funkelten, als er ihr zulächelte und fragte: «Also, wollen wir?»

Das Lokal hatte sich kaum verändert, seit sie das letzte Mal da gewesen waren. Abgesehen von der Bedienung war alles noch beim Alten. Eine mahagonifarbene Bar, kleine Tische mit bunt gemusterten, roten Tischtüchern, den Blechtöpfen auf dem Tisch, in denen das Besteck und die Servietten aufbewahrt wurden und die Mariachi-Musik, die sie schon damals kaum ertragen hatte. Aber das gehörte halt dazu. Silvia bestellte ihre Margarita mit Erdbeere, Thomas wie immer mit Kiwi.

«Jetzt fehlt nur noch, dass Pedro aus der Küche kommt und uns freundlich begrüßt», sagte Silvia.

«Ich denke nicht, dass er noch hier arbeitet. Aber ich weiß, was du meinst. Ich hatte auch gerade ein Flashback. Als ob es gestern gewesen wäre.»

«Nicht wahr? Wie lange waren wir jetzt nicht mehr hier? Fünf Jahre? Zehn?»

«Keine Ahnung. Auf jeden Fall kommt es mir vor wie eine Ewigkeit. Wo ist nur die Zeit geblieben?»

«Ja», seufzte sie. «Wo nur?»

Thomas hob sein Glas. «Auf die alten Zeiten.»

Sie prosteten sich zu, aber irgendwie fühlte es sich falsch an. Es passte nicht mehr. Silvia nippte an ihrem Cocktail. Der schmeckte wunderbar fruchtig, doch etwas stimmte damit einfach nicht. Zu süß? Zu viel Alkohol? Nein! Die gesamte Atmosphäre passte nicht mehr zu ihr. Sie hatte sich verändert, seit sie zum letzten Mal hier waren.

Ein Blick zu Thomas, der gedankenverloren auf seinen Drink starrte, sagte ihr, dass es ihm wohl ähnlich ging.

«Was ist nur aus uns geworden?», fragte sie. «Wo ist die ganze Lebensfreude hin?»

«Hm.»

«Werden wir alt?»

«Wer weiß?»

«Ich fühle mich hier nicht mehr wohl. Das wirkt alles so unecht. Was tun wir hier?»

«Wir sind auf der Suche nach unserem alten Leben.»

«Vielleicht.»

«Ich denke, das passt nicht mehr.»

Sie nickte nur. Ja, das passte nicht mehr. Irgendwie musste sich jetzt etwas ändern. Ihr Leben brauchte neuen Schwung und der Kauf des Hauses war der erste, große Schritt in ein neues Leben.

«Wir haben uns verändert», meinte Thomas, «sind eine Einheit geworden. Wir tun alles gemeinsam, treffen uns kaum noch mit Freunden. Wir arbeiten, essen und schlafen; und dann wieder von vorn. Es ist jeden Tag dasselbe.»

«Wir brauchen neue Impulse im Leben. Vielleicht kommt da unser eigenes Haus gerade recht.»

«Und Kinder.»

«Ja», seufzte sie, «Kinder.»

Sie steckte sich ein Nacho in den Mund und spülte es mit einem Schluck Erdbeermargarita hinunter. «Dann können wir so etwas wieder für ein paar Jahre vergessen.»

«Aber dafür wären wir dann eine richtige Familie.»

«Werden wir dann nicht langweilig? Eine von diesen Bünzli-Familien? Zwischen Arbeit und Kinderzimmer hin und her pendeln, abends noch zwei Stunden fernsehen und dann schlafen gehen. Und am nächsten Tag dasselbe von vorn. Wo bleibt da der Spaß?»

«Wir werden bestimmt Spaß haben, nur eben anders. Wir werden unsere Kinder aufwachsen sehen, wir werden uns daran freuen, wenn sie ihre ersten Worte sprechen, werden eine richtige Familie sein.»

«Ja, du hast gut reden, du bist unterwegs bei Kunden und die ganze Arbeit mit den Kindern bleibt an mir hängen. Ich werde im Haus eingeschlossen sein. Nicht mal mehr zur Arbeit werde ich das Haus verlassen. Ich werde fett und langweilig werden. Wie Sandra. Die ist aufgegangen wie ein Hefeteig, als sie Mama geworden ist. Und sieh sie dir heute an. Geschieden, zwei Kinder, um die sie sich kümmern muss, einen Job und eine billige Wohnung, weil ihr Mann sie für eine schlanke Single-Frau hat sitzen lassen.»

Thomas legte den Arm um sie. «Ich werde dich nie sitzen lassen. Versprochen.»

«Trotzdem. Meinst du wirklich, dass wir bereit dafür sind? Wollen wir wirklich eine langweilige, kleine Familie werden?»

Thomas schwieg einen Moment. Auf der Stirn tauchte wieder diese senkrechte Falte über der Nasenwurzel auf.

«Du willst ja zu Hause auch arbeiten», sagte er schließlich.

«Ich weiß schon, dass dir das nicht gefällt, aber davon lasse ich mich auf keinen Fall abbringen. Ohne diese Selbstständigkeit keine Kinder. Ich werde bestimmt nicht nur eine brave Hausfrau sein.»

Er hob beschwichtigend die Hände. «Ist ja okay, lass uns jetzt bloß nicht darüber streiten, wo wir endlich mal wieder zusammen ausgehen.»

Der südamerikanisch aussehende Kellner räumte die inzwischen leeren Gläser ab und fragte, ob sie noch etwas bestellen wollten.

«Ja, noch einmal dasselbe», antwortete Thomas.

«Nein», rief Silvia dazwischen. «Wir sollten gehen.»

Unsicher blickte der Kellner zwischen ihnen beiden hin und her. Schließlich meinte er, er wäre gleich wieder da und ging ans andere Ende der Theke, um die Spülmaschine auszuräumen. Es war offensichtlich, dass er nur eine Gelegenheit gesucht hatte, um von dem Paar wegzukommen, bevor sich das Gewitter über ihm entlud.

«Jetzt haben wir ihn verängstigt», flüsterte Silvia.

«Ja», kicherte er. Der Ärger war verraucht. «Wir könnten ja noch eine alkoholfreie Margarita bestellen?»

«Einverstanden, aber dann gehen wir.»

74

A C H T

Zum ersten Mal fuhren sie nachts auf den Vorplatz ihres Hauses. Der Kies knirschte unter den Rädern und am wolkenlosen Himmel hing eine schmale Mondsichel.

«Wie dunkel es hier draußen ist. Ganz anders als in unserer Wohnung in der Stadt», meinte Silvia.

«Das liegt daran, dass wir hier weit ab von der Lichtverschmutzung der Stadt sind. Schau dir mal die Sterne an.»

Der Himmel war übersät mit funkelnden Lichtern. Sie hatte immer geglaubt, sie könnten aus ihrer Stadtwohnung viele Sterne sehen, aber das hier war ein ganz anderer Anblick. Tausende, ach was, Millionen von Sternen glitzerten am Nachthimmel. Weit entfernt konnte sie ein Flugzeug mit seinen blinkenden Positionslichtern sehen auf seinem Weg nach Osten, nach Thailand vielleicht oder Malaysia.

«Wie schön», sagte sie voller Ehrfurcht.

«Nicht wahr? Allein deswegen lohnt es sich schon, hier zu wohnen.»

Der Brunnen plätscherte leise, in der Ferne bellte ein Hund oder vielleicht ein Fuchs. Darüber hinaus war nur noch das leise Klicken des warmen Motors ihres Wagens zu hören. Silvia schmiegte sich eng an Thomas. «Es ist bezaubernd. Wie schön, dass wir hier wohnen dürfen.»

Sie küssten sich, genossen den Moment der Zweisamkeit weit ab von anderen Menschen und der lauten Stadt.

«Wir werden eine wunderbare Zeit haben, hier in unserem Haus», sagte Thomas. «Und jetzt lass uns hineingehen und uns ins Bett legen.»

Silvia erwachte um vier Uhr nachts. Was hatte sie geweckt? Sie wusste es nicht. Sie lauschte in die Dunkelheit, hörte neben sich Thomas' leise und regelmäßige Atemzüge. Sie stieg aus dem Bett, schlüpfte in ihre weichen, warmen Hausschuhe und schlich aus dem Zimmer. Wenn sie schon wach war, konnte sie auch gleich zur Toilette.

Dort hörte sie dann dieses Geräusch. Waren das Schritte? Ganz leise, mehr ein Schlurfen. War da jemand im Haus?

Sie verzichtete darauf zu spülen, wollte nicht unnötig Lärm verursachen, der einen Eindringling auf sie aufmerksam machen würde.

Sie musste zurück zu Thomas, musste ihn wecken, damit er sie beschützen konnte. Aber was, wenn da bereits jemand vor der Badezimmertür lauerte? Hatte sich nicht eben der Türgriff bewegt? Oder hatte sie sich das nur eingebildet. Was sollte sie jetzt tun?

Mit dem Ohr dicht an der Tür lauschte sie hinaus in den dunklen Korridor. Wenn sie doch nur das Licht angeknipst hätte, als sie zur Toilette gegangen war. Dann wäre draußen alles hell erleuchtet, aber jetzt herrschte da diese absolute Dunkelheit. Bis zum Lichtschalter waren es mindestens drei Schritte.

Sie lauschte. Nichts! Keine Schritte, kein Schlurfen. Nur diese Stille. Kein Verkehrslärm, keine Polizeisirenen, kein Zug, der vorbei ratterte, einfach nichts. Es war so unheimlich still im Haus. Jedes Knacken des Holzes peitschte durch die Stille, dass sich ihr die Nackenhaare sträubten. Und sonst? War das ein Atmen vor der Tür?

Was sollte sie tun? Sollte sie die Tür mit einem Ruck aufreißen und dann beherzt bis zum Schlafzimmer springen? Oder sollte sie schreien? Nach Thomas rufen?

Mitten in diesen Gedanken ging im Korridor das Licht an.

«Silvia?»

Thomas! Erleichtert riss sie die Türe auf und stürzte in seine Arme. «Oh mein Gott, ich dachte, ich hätte etwas gehört. Ich war im Bad und habe mich nicht mehr hinaus getraut.»

Thomas' Umarmung und seine angenehme Bettwärme an ihrem Körper ließen den Druck verfliegen und gaben ihr das Gefühl von Sicherheit zurück.

«Komm, lass uns wieder ins Bett gehen», schlug er vor.

«Ja.»

In diesem Moment hörte sie wieder ein Geräusch. «Hörst du das auch?», flüsterte sie.

«Was?»

«Ein Kind. Es jammert.»

Auf seiner Stirn bildete sich die typische senkrechte Falte.

Sie lauschte angestrengt. Hatten ihre Ohren ihr einen Streich gespielt?

In diesem Moment erklang das Jammern erneut. Unüberhörbar.

Offensichtlich hatte es Thomas nun auch gehört. Die Falte auf seiner Stirn verschwand, die Augenbrauen gingen hinauf, seine Augen weiteten sich.

«Wo kommt das her?», fragte er leise. «Lass uns nachsehen.»

Er nahm Silvia bei der Hand, zog sie hinter sich, um sie mit seinem Körper vor Angreifern zu beschützen, und ging dann leise voraus auf die Treppe zu. «Ist da jemand?», rief er mit tiefer Stimme, die allerdings leicht zitterte.

Keine Antwort. Natürlich nicht! Sie hatten sich schon so oft darüber lustig gemacht, wenn sie solche Situationen in Filmen sahen. Das war eines dieser typischen Hollywood-Spannungselemente. Das dumme Mordopfer, das ins Haus hinaus schreit und fragt, ob jemand da ist. In diesen Fällen schrien Silvia und Thomas normalerweise im Chor: «Ja, hier bin ich, der Serienmörder!»

Sie kniff Thomas in den Arm. «Lenk doch nicht seine Aufmerksamkeit noch auf uns.»

Aber er hatte bereits den nächsten Lichtschalter betätigt, das Treppenhaus erstrahlte hell.

Todesmutig ging Thomas voran die Treppe hinab. Von unten war nichts mehr zu hören und schon gar nichts zu sehen. Vielleicht hatte der Eindringling längst das Weite gesucht. Aber das Gejammer des Kindes ging ihr dennoch nicht aus dem Kopf. Würde ein Einbrecher ein Kind mitbringen? Wohl kaum!

Eigentlich hatte es sich nicht mal wie ein Kind angehört, eher wie ein Baby.

Thomas ging von Raum zu Raum und schaltete alle Lichter ein. «Da ist nichts», sagte er schließlich.

«Lass uns noch einen Blick in den Keller werfen. Der war mir heute Nachmittag schon unheimlich. Ich kann bestimmt besser schlafen, wenn ich sicher bin, dass nichts und niemand dort unten ist.»

«Wenn du meinst», sagte er und ging voraus zur Küche, wo er jetzt sicherheitshalber doch noch ein scharfes Fleischmesser aus der Schublade nahm.

Als er die Tür zum Keller öffnete, hielt Silvia die Luft an. Aber nichts sprang sie an. Keine seltsamen Geräusche, außer vielleicht das entfernte Wuseln einer Maus, aber das konnte auch nur der Luftzug sein, der aus dem kühlen Keller in die Küche strömte.

Thomas knipste das Licht an. «Warte hier, ich bin gleich wieder da.»

Silvia starrte ihm gebannt hinterher, als er Schritt für Schritt die enge Treppe hinab ging. «Pass auf mit der schweren Eisentür. Die fällt von selbst ins Schloss, wenn du nicht aufpasst.»

«Keine Sorge.»

Aber natürlich machte sie sich Sorgen. Sie nagte an ihren Fingernägeln, während sie darauf wartete, dass Thomas seinen Rundgang beendet hatte und wieder bei ihr in der Küche stand.

Als sie sah, wie er innehielt und seinen Kopf lauschend zur Seite drehte, setzte ihr erneut der Atem aus. War da etwas?

Aber ihre Angst war unbegründet, Thomas drehte sich um und kam nun schneller wieder zu ihr hinauf. Silvia atmete pfeifend aus. Sobald Thomas die Schwelle überquert hatte, warf sie die Tür hinter ihm ins Schloss. Sicher ist sicher!

«Da ist nichts. Lass uns wieder ins Bett gehen, mir ist kalt», sagte Thomas.

Es vergingen keine fünf Minuten, da hörte Silvia bereits wieder Thomas' gleichmäßigen Atemzüge neben sich. Er war einfach mit einem guten Schlaf gesegnet. Sie selbst wälzte sich noch lange unruhig hin und her.

Etwas Seltsames ging hier vor. Zuerst die Tür des Weinkellers, die hinter ihr ins Schloss fiel, dann die nächtlichen Geräusche und natürlich die grünen Flecken, die immer wieder auftauchten. Was war nur los mit diesem Haus? Sie sollten den Makler anrufen und ihn zu dessen Vorgeschichte befragen. Vielleicht wusste er ja etwas darüber.

Gab es am Ende sogar eine Geistergeschichte in diesem Haus? Und wenn ja, was sollten sie dann tun? Sie mussten entweder für den Rest ihres Lebens unruhig schlafen, von Geistern gepeinigt, oder aber sie mussten es wieder verkaufen, vielleicht sogar deutlich unter Wert. Wer würde schon ein Haus wollen, in dem es spukt?

Vielleicht war das auch alles nur ein Ausdruck ihrer blühenden Fantasie, angespornt durch die ungewohnte

Umgebung und die nächtlichen Geräusche in dem Holzhaus. Bestimmt legte sich das bald.

Sie drehte diese Gedanken hin und her, wälzte sich von einer Seite auf die andere und wurde immer wütender über Thomas, der vollkommen unberührt von diesen Sorgen friedlich schlief und zwischendurch geräuschvoll schnarchte. Wie konnte er so ruhig schlafen, wenn es ihr so schrecklich ging! Sie sollte ihn eigentlich aufwecken, damit er gemeinsam mit ihr darüber nachdachte.

Sie hatte bereits den Ellbogen angewinkelt und ausgeholt, um ihm diesen kräftig in die Rippen zu rammen, doch im letzten Moment hielt sie inne. Das war ja eigentlich nicht sein Problem. Was konnte er dafür, dass sie nicht schlafen konnte? Sie ließ den Arm wieder sinken, drehte sich zur anderen Seite und schloss die Augen.

Wenige Minuten später zwitscherten draußen bereits die ersten Vögel. Der Morgen schien nah. Das hatte keinen Sinn mehr, hier noch zu liegen und so zu tun, als würde sie versuchen zu schlafen.

Also stieg sie aus dem Bett – schon wieder – und ging hinunter in die Küche. Diesmal zog sieh den Morgenmantel über. Sie würde wohl heute nicht mehr ins Bett zurückkehren.

Während sie wartete, bis der Teekessel mit seinem schrillen Pfiff das Ende der Kochzeit ankündigte, schaute sie aus dem Fenster hinaus in die Landschaft, die langsam erwachte. Am Horizont wurde es bereits heller, das dunkle Nachtblau wich einem kühlen Eisblau. Davor ragte düster der noch dunkle Tannenwald auf. Der Brunnen vor ihrem Haus plätscherte leise. Eigentlich kaum zu glauben, so verschlammt wie der war. Noch mehr grünes Zeug, das sie wegmachen musste. Fast wie die Flecken an den Wänden.

Война das am Ende der gleiche Schlamm? Wie vermehrte sich eigentlich Schlamm? Über Sporen wie Pilze? Hatte sich dieser Schlamm bis ins Haus vorgearbeitet mit Sporen, die sich zunächst unsichtbar überall festsetzten und bei der geringsten Feuchtigkeit ergrünten?

Sie würde dem nachgehen, aber nicht jetzt. Zuerst wollte sie ihren Tee trinken, einen heißen roten Tee, der herrlich nach Hagebutten und Hibiskusblüten schmeckte, mit einem Löffel gesundem Honig.

NEUN

Als Thomas um kurz nach neun Uhr auftauchte, lag Silvia in eine flauschige Wolldecke gekuschelt auf dem Sofa und surfte mit ihrem Handy im Internet.

Er küsste sie im Vorbeigehen auf die Stirn und verschwand gleich wieder mit einem Kaffee nach oben in sein Arbeitszimmer. Dort würde er wohl den größten Teil des Sonntags verbringen. Irgendwann musste sie mit ihm über seinen Lebensentwurf reden, musste ihm erklären, dass das Leben aus mehr als Arbeit bestand. Aber nicht heute.

Der Duft von Thomas' Kaffee hatte in ihr ebenfalls den Wunsch nach einem Muntermacher geweckt.

Früher, als sie noch geraucht hatte, war sie mit ihrem Morgenkaffee jeweils nach draußen gegangen. Das hatte einfach zusammengehört: Kaffee und Zigarette. Vielleicht könnte sie diese Tradition hier ja auf andere Art wieder einführen. Das Wetter war einladend, die Vögel zwitscherten um die Wette und die Terrasse wartete nur darauf, eingeweiht zu werden.

Die große Glastür schwang ganz leicht auf. Mit der Teetasse in der Hand trat Silvia hinaus in die Frühlingswärme. Wahnsinn, noch nicht mal zehn Uhr und schon so warm. Das konnte ein wunderbarer Tag werden. Sobald die Liegestühle aufgebaut und der Sonnenschirm aus der Garage geholt war, konnte sie den Rest des Tages hier draußen verbringen und lesen.

Nur der Brunnen störte diese Idylle. Dieser glibberige, grüne Schlamm, der alles bedeckte, war einfach kein schöner Anblick. Sie ging hin und strich leicht mir der freien Hand darüber. Es fühlte sich schmierig an wie Seife und hinterließ auf der Haut einen unangenehmen grünen Film. Ekliges Zeug. Und es schien sich in jeder Ritze festgesetzt zu haben. Der ganze Brunnen war über und über damit bedeckt. Wie bekam man so etwas sauber?

Versuchsweise kratzte sie mit den Fingernägeln den Schlamm von der Brunnenwand. Das meiste bekam sie damit weg, aber es blieben trotzdem noch unzählige kleine Reste hängen. Puh. Da würde sie viel Zeit mit Schrubben verbringen.

Angewidert wandte sie sich ab von diesem ekligen Zeug, spürte die Sonne jetzt in ihrem Rücken und genoss die Wärme. Das Haus ragte vor ihr auf wie ein wahr gewordener Traum. Das war jetzt ihres! Die Fassade in dunklen Holzschindeln machte es zwar etwas düster, aber das Dach mit den leuchtend roten Ziegeln gab ihm dennoch einen frischen Touch. Wenn die Fenster geputzt und mit frischen Topfpflanzen dekoriert waren, wäre es perfekt. Etwas bieder vielleicht, etwas rustikal, aber genau so, wie sie sich ihr Eigenheim vorstellte. Eigenheim! Wie war sie nur auf dieses Wort gekommen? So ein typisches Versicherungswort. Das hatte sie bestimmt bei Thomas aufgeschnappt. Aber das passte nicht zu ihrem Haus. Das war mehr als ein Eigenheim, es war etwas ganz Besonderes! Ein Zuhause! Genau, ein Zuhause!

Aus der Linde auf der Westseite des Hauses trällerte eine Amsel ihr Morgengebet. Silvia trug die leere Teetasse in die Küche, spülte sie kurz mit Wasser aus und stellte sie in die Spüle.

Je eher sie den Liegestuhl aufgebaut hatte, umso besser. Also ging sie hinüber in die Garage, wo ein heilloses Durcheinander sie erwartete. Da standen noch ein Regal und das Kinderbett samt Matratze, das sie von Tante Iris bekommen hatten. Daneben ein alter Schrank, den sie eigentlich als Werkzeugschrank vorgesehen hatten, Werkzeugkisten, Bohrmaschine, Stichsäge, Bauholz, ein Sägebock und noch vieles anderes. Puh! Das soll Thomas aufräumen. Das meiste davon gehörte schließlich ihm. Er wollte ja immer der Mann im Haus sein, dann könnte er gleich hier damit anfangen.

Jetzt war aber nicht die Zeit, ihm das zu sagen. Jetzt wollte sie lieber ihren ersten Sonntag auf der eigenen Terrasse genießen. Sie kramte ihren Liegestuhl aus dem ganzen Krempel hervor. Natürlich musste sie dafür zuerst die Winterreifen für ihren Fiat zur Seite rollen und hatte sich dabei einen hässlichen schwarzen Fleck in ihre frische Jeans gerieben. Tja, das musste jetzt warten.

Wenig später lag sie mit ihrem Buch in der Hand und der Sonnenbrille auf der Nase gemütlich in der warmen Frühlingssonne.

Sie hatte kaum zwanzig Seiten gelesen, als ihr Gewissen sich meldete. War es in Ordnung, dass sie hier an der Sonne lag, während Thomas drinnen am Arbeiten war? Sollte sie ihm helfen? Oder ihm klarmachen, dass es Sonntag war und das eigentlich ein arbeitsfreier Tag war?

Sie legte ihr Buch hin und ging ins Haus, ihren Mann im Arbeitszimmer abzuholen.

Schon das ruppigen «Ja», das er ausstieß, als sie anklopfte, war ein unmissverständliches Zeichen, dass sie ihn eigentlich in Ruhe lassen sollte!

Er saß an seinem Pult, starrte in den Computer und hatte je einen Berg Akten auf beiden Seiten der Tastatur gestapelt.

«Es ist Sonntag und wunderschönes Wetter, komm doch etwas zu mir auf die Terrasse.»

Der Blick, den er ihr zuwarf, schwankte zwischen Unverständnis und Verachtung. «Aber ich muss doch noch arbeiten. Jetzt erst recht. Für diese Hypothek brauchen wir jeden Franken, den wir verdienen können.»

So war das also. Sein altes Thema: das Geld! Immer wieder sorgte er sich darum. So schlimm konnte es doch gar nicht stehen um ihre Finanzen.

«Ich dachte, wir brauchen jetzt viel weniger Geld für die Zinsen als wir vorher für die Miete ausgegeben haben. Da könnten wir es uns doch leisten, dass du nur sechs Tage in der Woche arbeitest und nicht sieben.»

«Jetzt vielleicht, aber wir müssen ja auch an die Zukunft denken. Wenn wir Kinder haben, wirst du nicht mehr arbeiten können, dann wird uns das Geld an allen Ecken und Enden fehlen. Du wirst schon sehen, die Kinder fressen uns die Haare vom Kopf!»

Sie war fassungslos über diese Tirade. Wo kam diese gewaltige Angst her? Thomas war doch früher nie so

86

ängstlich gewesen? Als sie geheiratet hatten, war er noch ganz anders. Motiviert, erfolgreich, enthusiastisch. Wo waren diese Eigenschaften hingekommen? Oder war das nur der Umzugsstress?

«Aber ich will ja weiterhin arbeiten, auch wenn wir Kinder haben. Falls ... wir Kinder haben.»

«Aha, jetzt willst du also keine Kinder mehr, sondern weiterhin arbeiten? Dann hätten wir auch in der Stadtwohnung bleiben können.»

«Ist es das Haus? Gefällt es dir doch nicht?»

«Natürlich gefällt es mir. Aber diese verdammte Hypothek erdrückt mich. Wir haben uns bis über beide Ohren verschuldet. Was sollen wir tun, wenn wir weniger verdienen? Was sollen wir tun, wenn etwas im Haus kaputt geht?»

«Das schauen wir, wenn es so weit ist. Und ganz so schlimm sind die Zinsen nun auch wieder nicht.»

«Du hast gut reden, du kannst ja ruhig auf der Terrasse an der Sonne liegen, während ich mich zu Tode arbeite!»

Thomas starrte sie mit weit aufgerissenen Augen und hochgezogenen Brauen an. Wenn er sich auf diese Weise in ein Thema verbissen hatte, konnte nichts und niemand ihn von seiner Meinung abbringen.

Silvia hatte sich ja auch ihre Gedanken gemacht, als sie den Kreditvertrag unterschrieben hatten. Das war schon ein erschreckend hoher Betrag, den sie jetzt der Bank schuldeten. Aber andererseits hatten sie ja auch eine gute Sicherheit zu bieten mit ihrem Haus. Da konnte doch nichts schief gehen. Oder?

Sie schüttelte resigniert den Kopf und ließ Thomas allein mit seiner Angst. Das würde sich bestimmt legen, wenn er wieder in seinem gewohnten Rhythmus war und die ersten neuen Verträge abschließen konnte.

Jedoch war ihr die Lust vergangen, draußen zu lesen. Sie musste sich irgendwie beschäftigen. Da konnte sie genauso gut im Internet recherchieren, wie sie den Brunnen wieder sauber bekam. Bestimmt gab es irgendwo ein Video mit einem Geheimtipp.

Thomas starrte noch lange die Tür an. Wie konnte Silvia nur diesem Schuldenberg so gelassen gegenüberstehen? Ihr war wohl nicht klar, wie ernst die Situation war. Mit ihrer Festhypothek für die nächsten zehn Jahre hatten sie zwar eine gewisse Sicherheit, doch was, wenn nach diesen zehn Jahren ihr Haus nicht mehr so viel Wert war wie heute? Wenn sich der Immobilienmarkt veränderte wie damals in den USA, als ganz viele Hypotheken geplatzt waren? Dann würden sie ihr Haus schneller wieder verlieren, als sie es sich vorstellen konnten. Es sei denn, er würde es bis dahin schaffen, sie von dieser Hypothek zu befreien. Aber das konnte er nicht, wenn er auf der faulen Haut lag. Dafür musste er arbeiten und zwar mehr denn je.

Und dann immer wieder ihre Idee von der Selbstständigkeit. Sie sollte doch die Mutter seiner Kinder sein und nicht eine selbstständige Innenarchitektin. Das gehörte sich einfach nicht. Es war seine Aufgabe, die Haushaltskosten zu erwirtschaften. Deshalb hatte er doch all diese teuren Weiterbildungen gemacht. Papa hatte immer gesagt, er müsse viel lernen, damit er seiner Familie eine sichere Zukunft ermöglichen könne. Papa hatte das verpasst. Er musste jeden Tag in der Fabrik malochen und trotzdem reichte das Geld gerade so für eine einfache Mietwohnung. Meistens jedenfalls. Thomas war ziemlich sicher, dass es nicht immer reichte. Immer dann, wenn es gegen Ende Monat nur noch Kartoffeln zu essen gab. Fleisch gab es ohnehin nur sonntags, meist ein einfaches Suppenhuhn oder billiges Schmorfleisch.

Seine Kinder sollten es mal besser haben und auf nichts verzichten müssen, auch wenn das bedeutete, dass er Tag und Nacht arbeitete, um alles zu finanzieren.

Ihre Internetrecherche war nicht wirklich erfolgreich. Das Beste, was sie gefunden hatte, war der Hinweis, dass sich Schlamm mit Essig und einem groben Schrubber entfernen ließ. Wenn sie doch nur einen dieser Hochdruckreiniger hätten. Damit wäre das bestimmt ein Leichtes. Aber Thomas würde sich weigern, so ein Gerät zu kaufen. Das fand er bestimmt viel zu teuer. Wenn es um Geld ging, war er schon sehr anstrengend. Immer wieder stand dieses Thema zwischen ihnen. Seine Existenzängste würden ihn irgendwann ins Grab bringen.

Er würde einfach tot umfallen wie ihr Papa. Der war auch pausenlos dem Geld hinterhergerannt und mit knapp über fünfzig war er auf seinem Bürostuhl zusammengebrochen und gestorben. Alles nur wegen des Geldes. Klar, Mama war finanziell gut abgesichert, aber das half ihr auch nicht über den Verlust hinweg.

Thomas war ihm schrecklich ähnlich. Auch er arbeitete Tag und Nacht, dachte an nichts anderes als ans Geldverdienen, sogar am Wochenende. Manchmal hatte sie das Gefühl, das Geld sei ihm wichtiger als sie selbst.

Aber am schlimmsten war die innere Einstellung, die er an den Tag legte. Es war nicht das Streben nach Reichtum, was ihn antrieb, sondern das Verhindern von Armut. Und irgendwie musste er auch in alten Wertvorstellungen festgefahren sein. Sonst würde er sie doch unterstützen bei ihrer Idee, selbstständig zu arbeiten. Er sollte es zu schätzen wissen, dass sie ebenfalls einen Beitrag an das Haushaltseinkommen leisten wollte. Doch stattdessen war er beleidigt, wollte unbedingt der Mann im Haus sein und alleine für den Unterhalt der Familie aufkommen.

Was da wohl dahinter steckte? Das sollten sie klären, bevor Kinder da waren, die auch noch eine zusätzliche Herausforderung bedeuteten, für den Geldbeutel genauso wie für die Beziehung. Sie hatte schon viele Beziehungen an Kindern scheitern sehen.

Wie bei Erika und Frank, die fünf Jahre glücklich verheiratet gewesen waren und als dann die Zwillinge zur Welt kamen, dauerte es nur noch drei Jahre, bis sie sich trennten, weil die Kinder so viel Energie benötigten, dass keine mehr für die Pflege der Partnerschaft übrig war.

Oder bei Rita, die lieber mit ihrem kleinen Sohn das Bett teilte als mit ihrem Mann. So lange, bis der sich eine andere gesucht hatte.

ZEHN

Sie hatte ihren Versuch, den Brunnen zu reinigen, schon nach einer halben Stunde frustriert aufgegeben. Mit dem groben Schrubber hatte sie den Brunnen kraftvoll bearbeitet, doch sobald sie etwas Schlamm von der Wand gelöst hatte, setzte er sich woanders wieder ab. Ohne ein scharfes Reinigungsmittel würde sie hier kaum etwas erreichen. Und die Zeit ging auch schneller vorbei als erwartet.

Am Ende war auch um den Brunnen herum alles mit Schlamm bespritzt. Silvia ging ins Haus und säuberte sich Arme und Gesicht gründlich.

Jetzt stand sie in der Küche und kochte einen Eintopf mit Kartoffeln, Spargeln und Oliven, ein richtiges Frühlingsgericht, das ihnen beiden schmeckte und schnell vorbereitet war. Während alles im großen Topf garte, hatte sie noch Zeit, um sich auf den Liegestuhl zu fläzen und zu lesen.

In den Romanen war immer alles so einfach, die Frauen mussten nie schmutzige Arbeit erledigen, mussten weder putzen noch kochen. Die Hauptfigur im aktuellen Roman hatte einen tollen Job als Innenarchitektin und sich gerade in einen ihrer Kunden verliebt, ein schöner Mann, der ein Vermögen an der Börse verdiente und dieses Geld dann mit vollen Händen ausgab für ein extravagantes Appartement. Warum passierte so etwas nie im richtigen Leben?

Sie las noch weiter von dieser wunderbaren Traumwelt, bis das Essen bereit war und sie sich gemeinsam mit Thomas an den Tisch setzen konnte.

«So langsam bin ich eingerichtet hier», sagte er. «Das Telefon funktioniert, alle offenen Geschäfte sind so weit erledigt. Die neue Woche kann kommen.»

«Toll! Das heißt, du hast heute Nachmittag Zeit, um mit Mama Kaffee zu trinken?»

«Oh, stimmt ja, heute kommt deine Mutter zu Besuch.»

«Sei dann bitte nett zu ihr, ja?»

«Ich werde mir Mühe geben. So lange sie nicht wieder ihren üblichen Sermon über die betrügerischen Versicherungsmenschen ablässt.»

«Bring sie einfach nicht auf dieses Thema, dann wird das schon klappen. Es gibt ja genug zu reden und zu sehen in unserem neuen Haus.»

Die Kartoffeln schmeckten ganz wunderbar, die Oliven gaben dem Ganzen eine mediterrane Note und der frische Spargel war perfekt gelungen, noch etwas knackig und fantastisch im Geschmack.

«Vielleicht hat Mama auch eine Idee, wie wir mit diesen grünen Flecken fertig werden. Habe ich dir erzählt, dass ich heute früh schon wieder einen geputzt habe?»

«Schon wieder?»

«Ja, diesmal habe ich einen hinter dem Fernseher gefunden. Ich frage mich, wo die herkommen? Immerhin sind sie leichter zu beseitigen als der Schlamm im Brunnen.»

«Du hast ihn geputzt?»

«Naja, ich hab's versucht. Es war schwieriger als ich dachte. Ich muss da wohl mit harter Chemie dahinter. Und ich werde mal Mama fragen, sie hatte früher auch so einen Brunnen vor dem Haus.»

Bevor er sich die nächste Kartoffel in den Mund stecken konnte, schmunzelte er. «Ja, und sie wollte schließlich beim Putzen helfen. Das wäre doch die perfekte Aufgabe für sie.»

«Thomas!»

«Ist doch wahr.» Er wischte sich den Mund ab und lehnte sich zurück. «Ich habe viel zu viel gegessen, um heute Nachmittag noch etwas zu tun.»

Silvia legte ihr Besteck ebenfalls zur Seite. Sie stand auf, ging um den Tisch herum und setzte sich auf Thomas' Schoss. «Dann wollen wir mal sehen, dass du die Kalorien wieder loswirst. Ich hätte da schon eine Idee, wie wir das anstellen.»

Sie liebten sich direkt in der Küche und gingen dann gemeinsam unter die Dusche. Genau wie früher hatten sie sich gegenseitig eingeseift, was sie erneut stimulierte. Sie liebten sich ein zweites Mal, frottierten sich danach gegenseitig trocken und schlüpften in bequeme Kleidung. Dann setzten sie sich zufrieden und glücklich auf die Terrasse, wo sie immer noch saßen, als Silvias Mutter eintraf.

«Ein ganz reizendes Haus», meinte diese. «Klein und heimelig. Ich hätte da eine tolle Idee für die Fensterbänke.»

Silvia und Thomas sahen sich nur an und grinsten schelmisch. Bestimmt wollte Mama ihnen die Geranien aufschwatzen, die sie selbst züchtete. Die würden sich tatsächlich wunderbar machen auf den Fensterbänken, doch das ganze Haus würde dadurch wie ein Überbleibsel aus dem letzten Jahrhundert wirken. Wobei es das streng genommen auch war. Aber sie nicht. Sie waren zwar auch noch knapp im letzten Jahrhundert geboren, aber seither hatte sich die Welt weiter gedreht, und Geranien gehörten definitiv nicht mehr zu den zeitgenössischen Accessoires für ein Haus.

«Herrje, ihr habt ja noch nicht mal Vorhänge!»

«Ach Mama, wir wollen ja auch gar keine», lachte Silvia, «und wir freuen uns auch, dich zu sehen!»

«Ja, entschuldige, Kind. Ich bin nur so aufgeregt. Jetzt habt ihr es also geschafft! Ihr habt euer eigenes Haus. Ich bin ja so stolz auf euch!»

Sie umarmte beide überschwänglich.

Silvia schnappte den verdutzten Blick ihres Mannes auf. Damit hatte er wohl nicht gerechnet! Kein Wunder, das sah Mama gar nicht ähnlich.

«Es ist wunderbar! Führt ihr mich herum?»

«Gerne!»

Silvia ging voran, hinter ihr die zappelnde Mama, zuhinterst Thomas, der immer noch nicht ganz glauben konnte, dass Gisela das Haus tatsächlich gefiel.

94

Mama kommentiere alles mit «reizend», «wundervoll» und «wie süß».

Erst oben im Schlafzimmer wurde die Stimmung kurz gestört. Als sie die Tür aufstießen, sahen sie direkt über Thomas' Seite des Bettes wieder einen dieser grünen Flecke an der Wand.

«Was ist das?», fragte Mama. «Schimmel?»

Silvia blickte hilfesuchend zu ihrem Mann.

«Kein Schimmel», sagte dieser. «Eher eine Art Schlamm. Aber wir wissen nicht, woher er kommt.»

«Dann wollen wir uns das mal etwas genauer ansehen», sagte Gisela streng und wirkte jetzt äußerst geschäftig. Sie zerrieb etwas davon zwischen den Fingern, roch daran und strich ihre Finger an dem Taschentuch ab, das sie mit der anderen Hand aus der Tasche gezogen hatte.

«Also, Schimmel ist es nicht. Und es lässt sich ganz leicht entfernen.»

«Ja, das haben wir auch festgestellt. Mit einem feuchten Lappen oder einem Schwamm geht das Zeug restlos weg. Blöd ist nur, dass es immer wieder woanders auftaucht.»

Mama zog ihre rechte Augenbraue hoch. «So so.»

«Ja. Wir werden morgen den Makler anrufen und fragen, ob der Vorbesitzer etwas darüber weiß», sagte Thomas. Es war nur recht, dass er Dominik anrief, schließlich war er es auch, der den Kontakt hergestellt hatte.

«Der wird sich hüten, etwas darüber zu wissen. Am Ende könntet ihr ihn ja verklagen», meckerte Mama.

«Ich werd's jedenfalls versuchen», blieb er standhaft. «Ein Anruf kann ja nicht schaden.»

«Wie auch immer, lasst uns das hier mal wegwischen und dann schauen wir uns den Brunnen an.»

Wenn Gisela die Führung übernahm, duldete sie keinen Widerspruch. Silvia trottete brav hinter ihr her.

«Ich merke gerade, dass ich noch was vergessen habe, ich muss noch einmal kurz ins Büro», sagte Thomas und verschwand so schnell in seinem Arbeitszimmer, dass niemand ihn daran hindern konnte.

Allerdings versuchte es auch niemand. Gisela war froh, dass er nicht in der Nähe war, und Silvia wusste, dass ihn jetzt nichts umstimmen konnte.

Auch zu zweit kamen sie nicht weiter. Sie stellten immerhin fest, dass dieser Schlamm im Brunnen definitiv anders war als das grüne Zeug im Haus. Ein Zusammenhang konnte also ausgeschlossen werden. Ob das nun gut oder schlecht war? So mussten sie jetzt also zwei Lösungen finden. Beim Brunnen war das vermutlich relativ einfach, doch im Haus? Wenn sie nur wenigstens wüssten, womit sie es zu tun hatten. Wenn es kein Schlamm war und auch kein Schimmel, was war es dann? Wie sollte sie eine Lösung finden, wenn sie nicht einmal herausfand, was genau das Problem war? Und warum tauchten diese Flecken immer woanders auf, immer zu einer anderen Zeit? Es hatte keine Regelmäßigkeit, kein Muster, außer vielleicht ...

Konnte es sein, dass diese Flecke immer dann auftauchten, wenn sie zusammen schliefen? Oder war das nur ein dummer Zufall?

96

«Hallo! Silvia! Ich hab dich was gefragt!»

«Äh, was. Entschuldige, ich war grad in Gedanken.»

«Ich habe gefragt, ob du es schon mit Essig probiert hast?»

«Ja, hab ich. Aber wenn sich der Schlamm an einem Ort löst, setzt er sich woanders wieder ab. Vielleicht kann ich ja irgendwo einen Hochdruckreiniger ausleihen. Damit müsste sich das Zeug wegspülen lassen.»

«Hm, wie du meinst. Dann lass uns jetzt ins Haus gehen. Da gibt es bestimmt noch einiges zu tun.»

Thomas saß an seinem PC und tat irgendwas, was ihn beschäftigt aussehen ließ. Gisela brachte es immer wieder fertig, dass er sich schlecht fühlte. Unzulänglich. Er wusste nicht genau, wie sie das anstellte, aber schon nach kurzer Zeit hatte er den Eindruck, er könnte es ihr nie recht machen, er könnte ihren hohen Ansprüchen niemals gerecht werden. Sie fand immer etwas zu meckern. Selbst jetzt mit diesem Fleck im Schlafzimmer. Sie hatte keinen Zweifel daran gelassen, dass sie glaubte, sie seien vom Vorbesitzer oder von Dominik über den Tisch gezogen worden. Und natürlich war das allein Thomas' Schuld.

Jetzt hörte er durch die geschlossene Tür den Staubsauger laufen. Immerhin schien sie tatkräftig beim Putzen zu helfen, wie sie versprochen hatte. Aber irgendwie war das für Silvia auch nicht so angenehm. Sie musste denken, sie könne es selbst nicht so gut wie ihre Mutter.

Seit ihr Mann vor zwei Jahren gestorben war, war Gisela noch anstrengender geworden. Jetzt hatte sie sonst

97

niemanden mehr, um den sie sich kümmern, dem sie ihre ungebetene Hilfe aufdrängen konnte. Wie oft schon hatte er Silvia gebeten, mit ihrer Mutter zu reden? Wie oft schon hatte er sie angefleht, ihrer Mutter weniger Raum zu geben, um sich einzumischen? Und wie oft hatte sie ihm versprochen, sie würde sich bemühen? Aber am Ende konnten sie Gisela eben doch nicht aus ihrem Leben ausschließen.

Und wenn sie bald schon eigene Kinder hätten, wären sie froh, wenn Oma Gisela zum Babysitten da wäre. Das war durchaus ein gutes Argument, das Silvia stets brachte.

Ja, wenn sie denn Kinder hätten ...

Ob dieses grüne Zeug womöglich ein Krankheitserreger war? Ob das ihre Kinder krank machte? Oder verhinderte, dass Silvia schwanger wurde? Schimmel war ja für alle möglichen Krankheiten verantwortlich und selbst wenn es sich bei diesen ekligen grünen Flecken nicht um Schimmel handelte, konnten sie trotzdem gefährlich sein. Konnten sie wirklich sich selbst und später ihre Kinder diesem Risiko aussetzen?

Hatte Gisela am Ende recht? Waren sie über den Tisch gezogen worden? Sollten sie schauen, dass sie das Haus so schnell wie möglich wieder loswurden?

Er startete die Suchmaschine und versuchte etwas zu finden über seltsamen grünen Schimmel oder Schlamm oder Schleim. Tatsächlich fand er eine Geschichte aus den USA, wo ein Paar ein günstiges Haus gekauft hatte, das in der Folge durch einen schnell wachsenden grünen Schimmel unbewohnbar wurde. Konnte dies

98

das gleiche Problem sein? Das Paar hatte damals das Haus aufgeben müssen, aber es war gut versichert gewesen. Nun, das würde er auch hinbekommen! Er machte sich auf die Suche nach einer Versicherung, die einen solchen Schaden übernehmen würde. Er durfte einfach erst etwas über diesen grünen Schlamm sagen, wenn der Vertrag unterzeichnet war. Nicht, dass er am Ende noch als Versicherungsbetrüger dastände. Das wäre sein Ende als Broker.

E L F

«Sieh dir nur diese Aussicht an, dieses wundervolle Farbenspiel am Himmel.» Nachdem Gisela wieder gegangen war, setzten sich Silvia und Thomas zu einem Glas Wein auf die Terrasse und genossen den spektakulären Sonnenuntergang.

Die Sonne war hinter dem bewaldeten Hügel im Westen abgetaucht und hatte den Himmel in allen Rottönen eingefärbt. Orange, erdbeerrot und pflaumenfarben leuchteten die Federwolken am Himmel. Einfach mystisch.

Doch wie so oft, wenn etwas sehr speziell war, dauerte es nur kurz. Mit jeder Minute veränderten sich die Farben am Himmel, wurden dunkler und dunkler, erst violett dann nachtblau.

Die ersten Sterne tauchten am Himmel auf, ihre zweite Nacht in diesem Haus brach an. Silvia war zufrieden. Das Haus war eingerichtet und sauber geputzt. Endlich konnten sie sich so richtig zu Hause fühlen. Sie atmete tief durch. Jetzt würde alles gut werden.

Gegen drei Uhr morgens glaubte sie das nicht mehr. Erneut wurde sie von ungewöhnlichen Geräuschen geweckt. Schritte, Knacken im Gebälk, das Weinen eines

Kindes. Genauso wie in der Nacht zuvor. Thomas schien davon nichts mitzukriegen. Er atmete ruhig und langsam. Sie sollte ihn schlafen lassen, er hatte morgen wieder einen anstrengenden Tag.

Sie lauschte angestrengt. Konnte es sein, dass jemand näher kam? Hatte da eine Tür gequietscht? Oder war das nur ihre überreizte Fantasie? Das Fehlen von Straßenlärm, den sie aus der Stadt gewohnt war? Bildete sie sich das Ganze nur ein?

Sie zog die Decke über den Kopf und sperrte die Geräusche damit aus. «Es ist nichts», dachte sie bei sich selbst, «nur der Wind und das Holz, das sich den kühleren Nachttemperaturen entsprechend zusammenzog. Es ist nichts, es ist nichts, es ist nichts», wiederholte sie ihr stummes Mantra.

Schließlich musste sie wirklich eingeschlafen sein und hatte durchgeschlafen bis der Wecker um halb sieben läutete. Sie durchlief die morgendliche Routine, die sie in jahrelangem Training perfekt einstudiert hatte. Thomas küssen, kurz unter die Dusche, anziehen, Kaffee trinken, noch einmal Thomas küssen und dann in ihren kleinen Fiat springen und zur Arbeit fahren. Für eine Unterhaltung oder gar Zärtlichkeiten war keine Zeit. Alles lief durchstrukturiert wie ein Uhrwerk. Ob das auch noch so gut laufen würde, wenn sie zu Hause arbeitete?

Eine halbe Stunde später betrat sie ihr Büro, das geschmackvoll, aber schlicht eingerichtet war. Ihr Schreibtisch war sauber aufgeräumt, nur ihr Skizzenblock, der immer griffbereit da lag und viel Platz zum Zeichnen und Entwerfen ließ, durfte dort übers Wochenende liegen bleiben. Gegenüber an dem deutlich chaotischeren Schreibtisch saß die vielleicht neugierigste Person der ganzen Stadt: Nadja. Der Rotschopf mit den süßen Sommersprossen war eigentlich immer gut gelaunt und längst zu einer Freundin geworden.

«Erzähl! Wie ist euer Haus? Habt ihr euch schon fertig eingerichtet?», wollte Nadja wissen.

«Es ist wunderbar. Nur ...»

«Nur was?»

«Es hat noch seine Tücken.»

Nadjas Nasenflügel zitterten vor Ungeduld. «Mach's nicht so spannend. Erzähl schon!»

«Naja, es gibt da diese Flecken. Die tauchen ganz plötzlich auf. So ein grünes, glibberiges Zeug, so wie Schlamm. Richtig eklig. Es lässt sich zwar gut abwaschen, aber es taucht immer wieder woanders auf.»

«Schlamm? Woher das denn? Hat das Haus ein Feuchtigkeitsproblem?»

«Eigentlich nicht. Das Zeug fühlt sich trocken an und lässt sich einfach abwischen. Die Wand dahinter ist auch nicht feucht.»

«Hm. Seltsam.»

«Aber es gibt noch etwas Seltsameres. Ich glaube, es spukt in dem Haus.»

Nadja ließ vor Begeisterung ihren Stift fallen. «Echt?»

«In der Nacht höre ich Schritte im Haus, und ein weinendes Kind. Am Samstag habe ich Thomas geweckt und wir haben gemeinsam das ganze Haus abgesucht. Doch da war nichts.»

«Ist ja krass!» Nadjas Augen leuchteten auf.

Silvia nickte. «Und gestern auch wieder.»

«Cool! Sag, darf ich dich mal besuchen? Bei euch übernachten? Ich wollte schon immer mal in einem Spukhaus schlafen. Das ist ja so aufregend! Dann könnten wir auch gleich Ideen sammeln, wie du das Haus noch verschönern könntest, bevor die Kinder kommen und alles wieder durcheinanderwirbeln.»

«Hör mir bloß auf mit Kindern! Ich kann mir das im Moment noch gar nicht vorstellen. Mir reicht das eine Kind, das nachts in unserem Haus herumgeistert.»

Thomas hatte schon einige seiner Freunde bei den Versicherungsgesellschaften angerufen. Alle hatte gleich geantwortet. Dieser Schlamm dürfte am ehesten mit einem Wasserschaden gleichzusetzen sein, allerdings könnte die Versicherung eventuell darauf beharren, dass es eben kein Wasserschaden sei, wenn es sich nur um punktuell auftretenden Schlamm handelte und keine Feuchtigkeit zurückblieb, wenn man ihn wegwischte. Es schien also wirklich keine Versicherungslösung zu geben, die einen solchen Schaden abdeckte.

Wenn das Haus dadurch unbewohnbar wurde, würden sie auf ihrer Hypothek sitzen bleiben und konnten das Haus nicht mehr verkaufen. Das wäre ihr finanzieller Untergang. Ganz zu schweigen von den Geistern! In einem Geisterhaus wollte er auf keinen Fall wohnen. So ein Mist!

Wenn Silvia das nur nicht dieser Klatschtante Nadja erzählte. Die würde das im Nu in der ganzen Stadt verbreiten. Es würde ihn nicht wundern, wenn es sogar in der Zeitung auftauchte.

Inzwischen hatte er schon fast zwei Stunden an diese unseligen Gedanken verschwendet. Nun sollte er aber in die Gänge kommen. Jetzt hatte er noch einen Grund mehr, genug zu verdienen, und die Arbeit organisierte sich nicht von selbst. Er nahm seinen Anrufplan zur Hand und wollte schon die erste Nummer wählen, als ihm einfiel, dass er ja eigentlich mit Dominik hatte reden wollen.

Dieser betrügerische Makler schuldete ihm eine Erklärung. Dabei hatte Thomas immer geglaubt, Dominik sei sein Freund.

«Grüner Schlamm? Tut mir leid, ich habe keine Ahnung, wovon du redest», sagte Dominik.

«Hör zu, ich bin selbst Verkäufer, ich merke doch, wenn ich angelogen werde», fuhr Thomas ihn an.

«Thomas! Glaubst du wirklich, ich würde dich anlügen? Ich weiß nichts von irgendwelchen ... Schlammphänomenen in diesem Haus. Aber wenn du willst, kann ich einen Spezialisten für Wasserschäden empfehlen, der sich das mal ansieht. Oder einen Geologen, der den Untergrund auf Wasseradern oder Ähnliches überprüft.»

«Das fehlte gerade noch», murrte Thomas. «Noch mehr Geld für nichts ausgeben.» Wutentbrannt klickte er das Gespräch weg und knallte das Telefon auf das Pult. «Dieser verdammte Betrüger!», schrie er sein leeres Büro an. «Der soll mir noch einmal unter die Augen kommen! Seine Freunde so über den Tisch zu ziehen!»

Silvia las in dem Pflichtenheft für die Villa von Doktor Steigmann. Das war mal wieder ein Auftrag ganz nach ihrem Geschmack, bei diesem Objekt konnte sie aus dem Vollen schöpfen. Der berühmte Neurochirurg hatte sich eine Villa am Bodensee gekauft, fast schon ein Schloss, das er jetzt komplett neu einrichten ließ. Da gab es große, hohe Räume, es gab Türmchen, die eine herrliche Sicht auf den Bodensee gestatteten und das Beste war der kleine Wasserfall, den er sich im Schlafzimmer wünschte.

Sie hatte ja schon oft dekadente Wünsche gehört, aber dieser setzte ihrer Karriere als Innenarchitektin die Krone auf: ein Wasserfall im Schlafzimmer!

Wer baute so etwas überhaupt? Für den Wasserfall draußen war jeweils der Gartenbauer zuständig, aber im Gebäude? Und wie vertrug sich die ständige Feuchtigkeit mit der Farbe an den Wänden? So viele offene Fragen und so wenig Zeit, um einen Kostenvoranschlag zu unterbreiten.

Allein schon die Wände im Schlafzimmer. Um einen guten Feuchtigkeitsausgleich hinzubekommen, würde sie auf Holzverkleidungen setzen. Aber reichte das, um die Feuchtigkeit im Raum zu regulieren oder würde sich dennoch Schimmel bilden? Oder gar Schlamm wie bei ihr zu Hause?

Welcher Art waren eigentlich die Wände in ihrem Haus? Sie würde jetzt mal auf Holz tippen, aber es könnten auch Tonziegel sein, die mit Holz verkleidet waren.

Aber sie schweifte ab, sie musste sich jetzt auf den Wasserfall im Schlafzimmer von Doktor Steigmann konzentrieren. Im Grunde war das ja nichts weiter als ein Zimmerbrunnen, nur eben viel größer. Sie könnte diese Wand aus Stein bauen lassen oder aus Edelstahl. Was wäre dem Neurochirurg wohl lieber? Edelstahl kannte er aus der Klinik, es war sauber und leicht zu reinigen. Andererseits sah eine Wand aus Steinen natürlicher aus.

Dann war da noch die Frage der Wasserqualität. Sie konnte unmöglich Frischwasser verwenden, sondern musste irgendwo einen Tank mit Umlaufwasser verstecken, komplett mit Wasseraufbereitung, damit Bakterien und Algen keine Chance hatten. Am besten packte sie das alles ins angrenzende Ankleidezimmer, das allein schon so groß war wie ihr Wohnzimmer.

Sie telefonierte herum und arbeitete sich an dieses Thema heran, sprach mit Guido, ihrem liebsten Sanitärtechniker und fragte Stefan Gut, der ihr immer die Swimming-Pools plante.

Konnte sie diese neu gewonnenen Erkenntnisse über Wasser in Wohnräumen auch nutzen, um diesem Schlamm zu Hause zu begegnen? Konnte sie vielleicht mit einer Wasseraufbereitungsanlage dieses Problem lösen? Dagegen sprach, dass sich die Wand unter dem Fleck jeweils trocken anfühlte.

Thomas saß bei Gabriela Forster. Sie war Teil seiner Hausfrauen-Tour am Montagnachmittag, obwohl sie nicht die klassische Hausfrau war. Die junge Krankenschwester war vor Kurzem in die Stadt gezogen und hatte ihn angerufen, weil sie hier kein Netzwerk in Sachen Versicherungen hatte.

«Sie sind also aus Schwyz hierher gezogen?»

«Ja. Ich habe eine Stelle im Kantonsspital erhalten und habe in der Nähe eine Wohnung gesucht.»

«Eine schöne Wohnung.» Überall standen Orchideen. Die junge Frau hatte offenbar eine gute Hand im Umgang mit diesen empfindlichen Pflanzen. «Züchten Sie diese Blumen selbst?»

«Ja. Wunderschön, nicht wahr?»

«Sehr.» Dann stieg er mit seinem üblichen Satz ins Verkaufsgespräch ein. «Und jetzt geht es also darum, dass sie hier ideal versichert sind.»

Er versuchte herauszufinden, was für sie nötig war und auf welche Versicherungen sie eventuell verzichten konnte.

«Wie ist das mit der Haftpflichtversicherung?», wollte die junge Dame wissen. «Übernimmt die auch Feuchteschäden am Parkett, wenn mal Wasser überläuft?»

ZWÖLF

Als Silvia über die holprige Straße auf ihr Haus zu fuhr, war sie bereits voller Tatendrang. Sie war nach der Arbeit noch kurz im Baumarkt vorbeigefahren und hatte sich mit allem eingedeckt, was sie für die Brunnenreinigung brauchte. Sie lud die Sachen neben dem Brunnen aus: eine stabile Drahtbürste, Reinigungsmittel für Brunnentröge und einen Speziallack, um den steinernen Brunnentrog zu versiegeln, damit sich Algen nicht mehr so leicht festsetzen konnten.

«Damit wird Ihnen Ihr Brunnen lange Freude bereiten», hatte der Verkäufer im Baumarkt versprochen und insgeheim hatte sie sich gewünscht, der Mann wäre mitgekommen und hätte die Arbeit gleich selbst erledigt. Natürlich hatte sie ihn aber nicht darauf angesprochen, wer weiß schon, wie manche Menschen solche Sprüche interpretieren. Wenn er das als Angebot ganz anderer Art verstanden hätte? Sie schauderte bei dem Gedanken.

Jedenfalls sollte sie sich jetzt umziehen, damit sie fertig wurde, bevor Thomas kam. Der hatte noch Feierabend-Termine und würde erst gegen acht Uhr eintreffen. Sie fuhr die letzten Meter vors Haus.

Als sie die Tür aufschloss, meinte sie, von drinnen wieder dieses Jammern zu hören. Oder hatte sie sich das wieder nur eingebildet? 'Ich werde noch paranoid', dachte sie und schüttelte den Kopf über ihre Hirngespinste. Dieses Haus fühlte sich immer noch fremd an, als wäre es immer noch das Haus von jemand anderem. Das hatte sie doch in einer TV-Show einmal gehört: Ein Haus gehörte einem erst dann richtig, wenn man sich darin mal auf den Daumen gehauen hat und einmal die Kellertreppe hinab gestolpert ist. Darauf konnte sie gut verzichten.

Sie holte ihre Gartenkleider aus dem Schrank. Nicht zu fassen, dass sie so etwas hatte! Gartenkleider! Als ob sie schon jemals überhaupt daran gedacht hatte, im eigenen Garten zu arbeiten. Dabei handelte es sich um ihre alte Jeans, die vom vielen Basteln und Malen mit Farbspritzern und Leimspuren überzogen war, und natürlich das rot-schwarz karierte Flanellhemd, das sie von ihrem Vater geerbt hatte und nicht wegwerfen wollte. So schnell waren diese Kleidungsstücke zu Gartenkleidern geworden. Sie wurde ihrer Mutter immer ähnlicher. Wenn das nur gut ging.

Sie fühlte sich tatsächlich wie eine Heimwerkerkönigin, bereit, sich auf den Daumen zu hauen, falls nötig. Doch für die Brunnenreinigung brauchte sie keinen Hammer, sondern Schlauch und Bürste. Den Schlauch zurrte sie am Hahn fest, um das Wasser über den Brunnenrand direkt in den Schacht beim Ablauf zu leiten. Dann zog sie das Überlaufrohr aus seiner Halterung. Sofort bildete sich im Wasser ein Wirbel, wo der Ablauf jetzt plötzlich ganz geöffnet war.

Sie sollte diesen Sog nutzen und versuchen, so viel wie möglich von dem Schlamm direkt mit hinunterzuspülen. Sie schnappte sich die Bürste und bearbeitet damit einmal mehr die Wände. Wieder löste sich der Schlamm gut, und diesmal half der Sog des Ablaufs, saugte Wasser und Schlamm in die Tiefe.

Es dauerte nicht lange, da war der Trog leer. Ein bisschen trostlos sah er schon aus. Genauso stellte sie sich immer das Ende der Zivilisation vor, wenn dereinst die Energieversorgung mit fossilen Brennstoffen endgültig zu Ende wäre. Wenn nur noch Wasser als Energiequelle zur Verfügung stünde und gleichzeitig auch immer mehr Trinkwasser benötigt wurde. Dann würde es überall auf der Welt leere, vertrocknete Brunnen geben, Kriege um sauberes Wasser würden die Menschheit dahin raffen, obwohl der Meeresspiegel anstieg und ganze Landschaften überflutete.

In dieser postapokalyptischen Welt wären solche leeren Brunnen die traurigen Überbleibsel einer Gesellschaft, die den Planeten übermäßig ausgebeutet hatte.

Sie schüttelte diese düsteren Bilder ab. Noch war es nicht so weit und die Menschheit konnte sich noch eines Besseren besinnen.

Was auch immer kommen möge, ihr Brunnen würde sauberes Trinkwasser spenden, dafür würde sie jetzt sorgen. Sie las die Gebrauchsanweisung auf dem Kanister mit dem Reinigungsmittel. Auftragen, einwirken lassen, abreiben, spülen, bei starken Verschmutzungen wiederholen. Ganz einfach, wenn man dieser Beschreibung glaubte. Die Warnsymbole am unteren Rand des Etiketts sprachen allerdings eine andere Sprache: ätzend, kann zu Atembeschwerden führen, Hautkontakt vermeiden.

110

Ein Glück, dass der Verkäufer sie darauf hingewiesen hatte, dass sie Gummihandschuhe anziehen sollte.

Es schäumte, als sie das Mittel mit dem Schwamm auftupfte, ein ekliger grünlich-weißer Schaum überzog im Nu die Brunnenwand und wirkte so giftig, dass sie fürchtete, ihre Gummihandschuhe würden sich darin auflösen. Es brannte in der Nase, roch wie ihre Haarfarbe, mit der sie alle paar Monate ihr Braun auffrischte. Ammoniak? Vermutlich. Jedenfalls war sie froh, dass sie an der frischen Luft war. Trotzdem tränten ihre Augen, als sie sich in den Brunnentrog bückte, um diesen Schaum auch am Boden zu verteilen. Sie hielt den Atem an, und als sie es nicht länger aushielt, ging sie zwei Schritte zurück, um Luft zu holen, bevor sie sich wieder diesem Gestank aussetzte.

Zwanzig Minuten reichten, um den gesamten Brunnentrog damit einzureiben. Jetzt galt es, dieses Zeug eine halbe Stunde einwirken zu lassen. Perfekt für einen Anruf bei Kathrin.

«Herr Tanner, schön, dass Sie da sind!», flötete Anita Landmann ihm entgegen.

Thomas hasste diese überfreundlichen Menschen, besonders, wenn sie so unpassend gekleidet waren. Die Frau trug nur einen Hausmantel und offenbar einen Spitzenpyjama darunter. Bestimmt war sie zu oft alleine oder machte sich einfach einen Spaß daraus, halb nackt vor fremden Männern zu posieren. Nicht, dass sie keine Reize zu präsentieren hätte, ganz im Gegenteil. Besonders das Tattoo in Form von Engelsflügeln in ihrem Nacken verlieh ihr eine gewisse Erotik. Allerdings machte ihre laute, krächzende Stimme jeden guten Eindruck sofort wieder zunichte.

«Kommen Sie nur herein, Sie brauchen sich keine Sorgen zu machen, dabei zu tief in meine Intimsphäre einzudringen», schmeichelte die Frau.

Er tat so, als würde er diese kaum verhüllte Anspielung nicht bemerken und folgte ihr ins Wohnzimmer, wo sie mit Duftkerzen bereits eine vermeintlich sinnliche Stimmung erzeugt hatte.

Da musste er jetzt durch. Nichts anmerken lassen und ganz professionell ein Verkaufs- und Beratungsgespräch führen.

Immer wieder versuchte sie mit ihren Bemerkungen seinen Schutzwall zu durchbrechen und immer wieder holte Thomas das Gespräch auf eine sachliche Ebene zurück.

Wenigstens besaß die Frau so viel Anstand, dass sie ihm nach ihren endlosen und erfolglosen Versuchen, ihn zu verführen, wirklich ihre sämtlichen Versicherungsverträge übergab und ihn damit betraute, sich um die Optimierung zu kümmern. Und da gab es wirklich Potenzial. Wenigstens wurde er so angemessen entschädigt dafür, dass er diese Avancen hatte ertragen müssen.

Als er eine gefühlte Ewigkeit später wieder in seinem Auto saß, war er so erleichtert, dass er die Hände vors Gesicht schlug und seinem Ärger und seiner Resignation mit einem Schrei Luft machte.

112

Kathrin war im Nagelstudio und konnte nicht telefonieren. So blieb Silvia nichts anderes übrig, als die Wartezeit mit etwas Fernsehen zu überbrücken, es liefen gerade die Kurznachrichten. Eine Brücke war eingestürzt und dabei waren einige Menschen verunglückt. Irgendwo in Asien war ein großer Fluss über die Ufer getreten und hatte ein halbes Dorf weggespült.

Sie schaltete den Fernseher wieder aus. Wie konnte man nur den ganzen Tag solche Katastrophenmeldungen ertragen. Ihre Mama war ja süchtig danach, sie schaute alle möglichen News-Sendungen und wusste immer genau Bescheid, wem wo was passiert war.

Hoffentlich würde sie selbst nie so werden. Silvia hasste allen Klatsch und Tratsch und noch schlimmer fand sie alle diese Schreckensnachrichten. Sie fühlte sich dann immer so hilflos, so machtlos diesen Katastrophen gegenüber.

Ob sie etwas lesen sollte? Sie blickte auf die Uhr, noch acht Minuten. Zu kurz, um noch etwas zu tun, zu lang, um einfach zu sitzen.

Na, einen Kaffee könnte sie noch trinken in acht Minuten. Sie ging in die Küche, machte sich eine schöne Tasse Kaffee und schlürfte die ersten Schlucke vorsichtig. Was gäbe sie jetzt für eine Maschine, die Eiskaffee produzierte?

Schließlich war die halbe Stunde doch um und sie stieg wieder in ihre Gummistiefel, schnappte sich die Handschuhe und ging vors Haus, wo der ganze Brunnen mit grünlich-weißem Schaum bedeckt war.

Diesmal hinterließ ihr Schrubber deutliche Spuren und darunter kam ein heller, sauberer Stein zum Vorschein. Oder war es Beton? Jedenfalls war nichts mehr zu sehen von Algenbewuchs. Wenn das so blieb, konnte sie wirklich stolz auf ihre Arbeit sein.

Dieser erste Teilerfolg erfüllte sie mit einem Enthusiasmus, den sie beim Putzen sonst kaum aufbrachte. Sie schrubbte und scheuerte, bis die gesamte Innenwand des Brunnens hell und strahlend war. Nun fehlte nur noch der Stöpsel, den sie ebenfalls von Algen befreien musste – so ein Mist, den hatte sie vollkommen vergessen, als sie den Brunnen mit dem Reinigungsmittel eingerieben hatte! Sie konnte jetzt nicht noch einmal 20 Minuten warten. Dann muss es eben so reichen. Sie goss einen Schwall von diesem Wundermittel über das rostrote Metall und sah zu, wie sich gleich ein grün-weißer Schaum mit roten Sprenkeln bildete. Hoffentlich fraß das keine Löcher ins Eisen.

Nach kurzer Zeit hatte sie es geschafft, konnte den Ablauf wieder verschließen und den Schlauch vom Hahn entfernen. Dabei stellte sie sich allerdings so ungeschickt an, dass sie sich selbst von oben bis unten bespritzte.

«So ein Mist!», rief sie, doch dann lachte sie. Es war so warm, dass es keine Rolle spielte, ob ihr Hemd und ihre Hose nass waren, ganz im Gegenteil, sie spielte sogar kurz mit dem Gedanken, im Brunnen zu baden.

Genau so traf Thomas sie an, als er am Haus ankam. Als er seine Frau ansah, die da wie ein begossener Pudel am Brunnen stand in dem alten Flanellhemd, das sie wie einen zu kurz geratenen Holzfäller aussehen ließ, verliebte er sich direkt wieder aufs Neue.

Er stieg aus dem Wagen und umarmte sie.

«Lass, ich bin doch klatschnass!»

«Macht nichts. Ich liebe dich», flüsterte er ihr ins Ohr, während er sie fest an sich drückte.

Nach einem innigen Kuss nahm er sie bei der Hand. «Lass uns reingehen und dir diese nassen Sachen ausziehen.»

«Ganz ohne Hintergedanken natürlich», grinste Silvia.

«Natürlich.»

Er schlug die Tür des Wagens zu, ließ ihn stehen, wo er gerade war und führte seine Frau ins Haus. Sie kamen gerade noch bis zum Fuß der Treppe, dann konnten sie die Finger nicht mehr voneinander lassen und liebten sich direkt dort auf dem rauen Läufer vor dem Treppenaufgang. Wild und animalisch fielen sie übereinander her, ließen ihrer Begierde freien Lauf. Lust und Trieb ließen sie ihre Umgebung vergessen. Mit seinen Zähnen liebkoste er ihre Haut, biss immer wieder sanft zu, was ihr jedes Mal ein leidenschaftliches Stöhnen entlockte.

Sie waren ganz beieinander, hörten nichts von dem Kindergeschrei im Keller oder den tapsenden Schritten im oberen Stockwerk.

Sie waren ganz auf sich selbst fokussiert, genossen die Zuneigung des anderen, liebkosten sich, mal leidenschaftlich, mal zärtlich. Sie trieben sich gegenseitig zu immer größeren Höhepunkten der Lust und Freude, während ein kalter Luftzug über sie hinweg strich, der ihnen die Nackenhaare aufstellte, aber in ihrer Leidenschaft einfach unterging.

Splitternackt und glücklich ging Silvia später die Treppe hinauf, ihre nassen Kleider hatte sie sich unter den Arm geklemmt.

Wenn sie dann bald mal Kinder hätten, könnten sie sich nicht mehr so einfach irgendwo auf dem Boden lieben. Aber bis dahin dauerte es ja zum Glück noch mindestens neun Monate. Tatsächlich hatte sie das Gefühl, dass es diesmal ein perfekter Zeitpunkt gewesen sein könnte. Vielleicht hatte es gerade geklappt mit dem Schwangerwerden.

Und dann entdeckte sie am oberen Ende der Treppe etwas, was ihre ganze Aufmerksamkeit auf sich zog. Vergessen war die Glückseligkeit, vergessen der Kinderwunsch. Im Fokus ihrer Aufmerksamkeit stand im Moment einzig und allein dieser riesige grüne Fleck an der Wand. Er maß bestimmt einen Meter im Durchmesser, schimmerte und glitzerte, als ob er sich über sie lustig machen wollte.

«Thomas!», kreischte sie.

Sogleich hörte sie ihn mit großen Schritten die Treppe hochlaufen.

«Was ist ...» Der Rest des Satzes blieb ihm in der Kehle stecken.

Er stellte sich neben sie und legte den Arm um ihre Schultern. «Nicht schon wieder.»

«Ja, schon wieder», seufzte sie.

«Jetzt habe ich aber genug! Jetzt rufe ich diesen Dominik an und verlange, dass er auf der Stelle her kommt und sich das ansieht! Dann gibt es keine Ausreden mehr, dann will ich von ihm wissen, was hier los ist.»

«Warte. Vielleicht ...», sie fragte sich, ob sie Thomas von ihrem Verdacht erzählen sollte. Es war schon wieder aufgetaucht, während sie miteinander geschlafen hatten. War das nur ein Zufall? Thomas würde sie für verrückt halten, wenn sie ihm davon erzählte.

«Was?»

Sie schüttelte den Kopf. «Ach, es ist nur so ein Gedanke.»

«Ja?»

«Hast du nicht auch das Gefühl, dass diese Flecken immer dann auftreten, wenn wir miteinander schlafen?»

Sein Kinn fiel hinab, als ob sämtliche Muskeln gleichzeitig ihre Arbeit eingestellt hätten. Er starrte sie aus großen Augen an. «Was?»

«Ja. Mir kommt es so vor. Jedes einzelne Mal. Ich weiß, das klingt völlig verrückt. Aber das geschah jedes einzelne Mal direkt nachdem wir miteinander geschlafen haben.»

«Aber wie soll das möglich sein. Das eine hat doch mit dem anderen überhaupt nichts zu tun. Wie soll sich so etwas aufs Haus übertragen?»

Tränen kullerten über ihre Wangen. «Es ist als hätte das Haus etwas dagegen, dass wir hier glücklich sind.»

Thomas nahm sie in den Arm und tröstete sie, so gut er konnte. Nachdem sie wieder einigermaßen ruhig durchatmen konnte, sagte er leise: «Und jetzt rufe ich Dominik an, damit er herkommt und sich das ansieht.»

DREIZEHN

«Was zum Geier ist das?» Dominik starrte den grünen Fleck an. Er verzog das Gesicht, als er den Schlamm berührte.

«Das wüssten wir gerne von dir», blaffte Thomas. «Immerhin warst du es, der uns dieses Haus verkauft hat. Ich hielt dich eigentlich für einen Freund. Da hättest du uns ruhig sagen können, dass hier immer wieder diese Flecken auftauchen.»

Dominik roch an dem grünen Glibber, der sich seltsam trocken auf seiner Haut anfühlte. «Glaub mir, hätte ich das gewusst, hätte ich nicht mal den Auftrag angenommen, dieses Haus zu verkaufen. So was würde ich nie tun, das weißt du genau. Wir haben damals in diesem Seminar gelernt, dass ein Verkauf nur gut ist, wenn es für beide Seiten stimmt.»

Das passte wirklich nicht zu Dominik. Seit sie sich vor fünf Jahren an diesem Seminar kennengelernt hatten, waren sie zu vielen Schulungen gemeinsam hingegangen. Manchmal hatten sie sogar zusammen ein Hotelzimmer genommen, wenn es weit weg stattfand. Es hatte sich etwas entwickelt, das einer Freundschaft ganz nahe kam.

«Hmm. Ich glaube dir ja. Aber was sollen wir denn jetzt tun? Damit können wir doch nicht leben.»

«Ich werde mal mit der Vorbesitzerin sprechen, ob sie etwas darüber weiß. Aber soweit ich mich erinnere, hat sie nie in dem Haus gelebt, sondern es von ihrem Bruder geerbt.»

«Einen Versuch ist es auf jeden Fall wert.»

Jetzt stieß Silvia wieder zu ihnen. Sie hatte einen Eimer Wasser und einen Lappen geholt, um das Zeug wegzuwischen.

«Siehst du», sagte sie zu Dominik, «es geht ganz leicht ab und die Wand darunter ist nicht mal feucht.»

«Seltsam», murmelte dieser nur. «Sehr seltsam. Ich werde morgen etwas herumtelefonieren und melde mich dann wieder bei euch.»

«Hast du auch den Eindruck, dass uns dieses Haus kein Glück bringt?», fragte Thomas nach einem Schluck Chardonnay. Nachdem Dominik gegangen war, hatten sie sich hingesetzt und den Schreck mit einem Glas Wein weggespült. «Hätten wir noch warten sollen mit dem Kauf?»

Silvia nippte an ihrem Wein. Wenn diese Flecken nicht wären, wäre das Haus doch wirklich perfekt. Es hatte die richtige Größe, die richtige Anzahl Zimmer und es passte zu ihnen. «Worauf hätten wir noch warten sollen?»

«Auch wieder wahr. Aber vielleicht hätten wir uns genauer erkundigen müssen.»

«Das bringt jetzt nichts mehr. Wir haben es gekauft und müssen uns jetzt damit arrangieren.»

«Ja, klar. Im Moment können wir das ja auch. Aber wenn dann Kinder da sind? Willst du unsere Kinder hier aufwachsen lassen? Ich meine, wir wissen weder was das ist, noch wie wir es loswerden. Und was, wenn dieses Zeug giftig ist? Was, wenn die Kinder damit spielen? Wenn sie sich dieses Zeug in den Mund stecken?»

«Verdammt! Was bleibt uns denn übrig?» Silvia knallte ihr Weinglas auf den Tisch, so hart, dass Thomas fürchtete, der Stiel könnte brechen. Und das Schlimmste war, dass sie damit absolut recht hatte. Es gab keinen Weg zurück. Das Haus wieder zu verkaufen, wäre finanzieller Selbstmord. Außerdem passte es wirklich gut für sie. Es lag nicht zu weit von der Stadt entfernt und doch so weit außerhalb, dass es keinen Durchgangsverkehr gab. Und dazu gehörte dieses große Stück Land, auf dem sie später noch erweitern konnten.

«Oder wir warten einfach ab, was Dominik von der Vorbesitzerin erfährt», schlug er vor.

«Das wird das Beste sein. Was hältst du davon, wenn wir heute einfach einen Fernsehabend machen.»

«Ja, das wäre genau richtig, noch ein witziger Film und dann ab ins Bett.»

Der Film war perfekt, um auf andere Gedanken zu kommen, eine amerikanische Liebeskomödie. Seichte Unterhaltung, die sich gut eignete, um die Sorgen des Alltags zu verdrängen. Danach konnten sie beide wunderbar einschlafen.

Erst kurz vor drei Uhr schreckte Silvia aus einem Albtraum hoch. Diesmal war es noch schlimmer als die letzten Male. Im Traum hatte sie in einem Sumpf gelegen, hatte ihren Mund voller Wasser und Schlamm. Und dieses Gefühl blieb, als sie sich im Bett aufrichtete. Der Traum war wirklich sehr lebendig gewesen, sie hatte immer noch das Gefühl, dass ihr Schlamm aus dem Mund tropfte. Und als sie mit der Hand darüber strich, um dieses Gefühl loszuwerden, fühlte sich ihr Kinn feucht an und doch nicht. Fast wie ...

Sie knipste das Licht an, griff nach ihrem Handy und betrachtete sich in der Frontkamera.

Aus ihrem Mund tropfte dieser hässliche Schlamm. Auf ihrem Pyjama hatte sich bereits ein grünes Lätzchen gebildet.

Sie kreischte!

Thomas sprang regelrecht aus dem Bett, zu Tode erschrocken, und als er sie ansah, stammelte er nur: «Oh, mein Gott!»

Er zog sich sein T-Shirt über den Kopf und versuchte damit diese grüne Masse aus ihrem Gesicht zu wischen. Sie schien völlig außer sich zu sein, wehrte sich gegen seine Berührung, kreischte, kratzte, schlug um sich, versetzte ihm einen tiefen Kratzer am linken Arm und einen an der Wange.

Trotzdem gelang es ihm, sie von diesem Schleim zu reinigen. Er schloss sie in die Arme, klammerte regelrecht.

«Du musst atmen», wiederholte er immer wieder. «Beruhige dich. Atme.»

Sie kreischte, direkt neben seinem Ohr, doch er hielt sie eisern fest. Langsam beruhigte sich ihre Atmung, die Schreie verebbten, gingen in Schluchzen über. «Oh, mein Gott! Ich dachte, ich ertrinke.»

122

«Komm mit ins Bad, dort werden wir dich waschen.»

Sanft führte er sie ins Bad, spendet ihr Ruhe und Wärme mit seinem eigenen Körper. Ihre Kehle war rau von dem vielen Schreien, doch als er ihr ein Glas Wasser anbot, erbrach sie sich direkt vor seine Füße.

«Ich kann jetzt kein Wasser vertragen!», keuchte sie.

«Schon gut», sagte er, legte wieder seine Arme um sie und strich über ihre Haare, die sich strähnig anfühlten. «Was meinst du, wollen wir heute im Wohnzimmer auf der Couch schlafen?»

Sie nickte nur. Erschöpft. Mutlos.

VIERZEHN

Ihr ganzer Körper fühlte sich an, als wäre sie unter einen Lastwagen geraten, jeder Muskel schmerzte von dem unbequemen Schlafen auf dem Sofa, in ihrem Kopf hämmerte jemand einen schnellen Rhythmus durch ihre Gehirnwindungen und sie hatte immer noch diesen fauligen Geschmack im Mund. Ihr gegenüber lag Thomas verkrümmt im Sessel und schnarchte leise vor sich hin.

Dieses verdammte Haus hatte ihr bis jetzt jede Nacht den Schlaf geraubt! Auf zittrigen Beinen schlurfte sie zur Küche und holte sich einen Schluck Orangensaft. Der schmeckte zwar bitter und ihr Magen drohte damit, alles wieder zurückzusenden, wenn sie noch einen einzigen Schluck mehr trank, doch immerhin verdrängte er den Geschmack von abgestandenem, brackigem Wasser aus ihrem Mund.

Jetzt rappelte sich auch Thomas aus seinem Sessel hoch.

«Dann war das also doch kein Traum», stellte er lapidar fest, während er sich umschaute.

«Nein, willst du einen Kaffee?»

«Ich denke, einer allein reicht wohl nicht, mach mir am besten eine ganze Kanne.» Er streckte sich. Es knackte hörbar. «Ich fühle mich, als ob eine Herde Elefanten über mich hinweggetrampelt wäre.»

Schon bald erfüllte Kaffeeduft die Küche und so langsam verblassten die Gespenster der Nacht, ob eingebildet oder echt, und machten Platz für einen neuen Arbeitstag.

Der Kaffee hatte tatsächlich gewirkt. Silvia fühlte sich zwar nicht erfrischt, aber immerhin nahmen die Kopfschmerzen ab, der Schlagzeuger in ihrem Kopf hatte wohl langsam genug davon, seinen Trommelwirbel anzuschlagen. Doch das änderte nichts daran, dass sie zu spät ins Büro kommen würde. Die Uhr am Backofen zeigte bereits zwanzig nach sieben. Das würde niemals reichen.

Vom Schlafzimmer her hörte sie den Radiowecker, der verzweifelt versuchte, irgendjemandes Aufmerksamkeit zu erregen.

«Magst du den Wecker ausschalten?», fragte sie ihren Mann.

«Klar. Mach ich. Ich wollte eh nach oben, um zu duschen.»

Thomas hatte es gut, der musste erst um neun bei seinem ersten Termin sein. Silvia fragte sich, ob sie sich krank melden sollte. Nadja würde auch einen Tag lang alleine zurechtkommen. Aber sie wollte ihre Kollegin sehen, mit ihr reden über das, was passiert war. Sie schnappte sich ihr Handy und simste ihr, dass sie heute eine Stunde später kommen würde. Das musste reichen.

Sie ging nach oben, wo Thomas gerade aus der Dusche kam und nackt vor dem Spiegel stand. Er gefiel ihr immer noch, aber im Moment konnte sie ihn nicht berühren, ohne wieder an diesen grünen Schlamm zu denken. Sie schlüpfte aus ihrem Pyjama und huschte an ihm vorbei unter die Dusche.

Während Silvia unter der Dusche stand, zog Thomas sich an, setzte sich in die Küche und blätterte in der elektronischen Version der Tageszeitung auf seinem Tablet. Ein Zug in Indien war entgleist und hatte mehrere Dutzend Menschen unter sich begraben. Kein Wunder, dass so viele umgekommen waren, sie saßen zu Hunderten auf den Wagendächern, quetschten sich auf jede noch so kleine Plattform und überfüllten die Züge so maßlos, dass es ein Wunder war, dass nicht mehr passierte.

In Australien war eine seltsame Epidemie unter Zuchtschafen ausgebrochen und hatte einige Farmer an den Rand des Ruins getrieben. Das hatte man von diesen Riesenherden und der intensiven Landwirtschaft.

Mitten in diese Schreckensnachrichten aus aller Welt läutete sein Telefon.

«Na, gut geschlafen?», wollte Dominik wissen.

«Nein! Hast du was über dieses Haus erfahren? Das hält ja keiner aus! Silvia wäre fast erstickt an diesem Schlamm!» Dann erzählte er ihm in kurzen Worten, was passiert war.

«Tja, ich habe gleich gestern Abend noch die Frau angerufen, die mir das Haus zum Verkauf anvertraut hat. Leider hat das nicht viel ergeben.»

Dominik erzählte, dass die Frau das Haus von ihrem Bruder geerbt hatte, der vor etwa einem halben Jahr im Alter von 82 Jahren gestorben sei und bis dahin in diesem

126

Haus gelebt hatte. Wenn bei ihm bereits diese Flecken aufgetaucht wären, dann hätte er ihr bestimmt davon erzählt. Hatte er aber offenbar nicht. Die Frau wusste nichts von irgendwelchen seltsamen Vorkommnissen.

«Natürlich könnte sie auch lügen, aber das glaube ich nicht», sagte Dominik zum Schluss.

«Mhm. Das habe ich mir fast gedacht», sagte Thomas. «Trotzdem danke fürs Nachfragen.»

Er drückte Dominik weg und legte sein Handy auf den Tisch.

Was war nur los mit diesem Haus? Hatte Silvia am Ende doch recht und es hatte damit zu tun, dass sie Kinder haben wollten? Es war wirklich seltsam, wie oft diese Flecken auftauchten, kurz nachdem sie miteinander geschlafen oder auch nur über Kinder geredet hatten. Aber das war doch absurd. So etwas konnte doch unmöglich sein. Vielleicht in diesen Horrorfilmen, die Silvia so gerne sah, aber doch nicht im richtigen Leben!

Silvia kam gerade die Treppe herunter. Die Dusche hatte ihr offensichtlich gutgetan, die schwarzen Ringe waren dezent mit Make-up abgedeckt, ihre Gesichtsfarbe zeigte wieder ein gesundes Rosa. Das hatte sie bestimmt mit reichlich Puder hinbekommen. Nur die hängenden Mundwinkel hatte sie mit Schminken nicht korrigieren können. Sie wirkte trotz allem müde, erschöpft, geschafft. Kein Wunder nach dieser Nacht.

«Willst du wirklich zur Arbeit?», fragte er.

Sie sah ihn an, dann holte sie mit einer weit ausholenden Geste aus. «Warum sollte ich hier bleiben wollen? Hier fühle ich mich im Moment noch mehr fehl am Platze als bei der Arbeit. Dort habe ich wenigstens etwas Sinnvolles zu tun und kann vielleicht vergessen, was diese Nacht passiert ist.»

Er nickte. Das klang logisch. Was war nur los mit ihnen – mit diesem Haus –, dass sie lieber zur Arbeit fuhren, als zu Hause zu bleiben? Dabei sollte es doch genau umgekehrt sein. Silvia sollte sich hier zu Hause fühlen, Kinder aufziehen und ein schönes Leben haben. Was hatten sie nur getan, um so eine Pechsträhne zu verdienen?

Nadja sprang sofort aus ihrem Stuhl hoch und umarmte sie, als sie das Büro betrat. «Hey, wie geht's dir? Was war denn los?»

Silvia erzählte ihr die ganze Geschichte. Sie erzählte vom Albtraum, von dem Gefühl zu ertrinken in diesem Schlamm und von dem schrecklichen Morgen. Ihr war immer noch übel bei dem Gedanken daran.

«Meinst du, dieser Makler sagt die Wahrheit?»

«Ich denke schon. Thomas glaubt ihm. Und die beiden kennen sich schon lange.»

«Du musst aber bedenken, dass du vermutlich auch nichts sagen würdest, wenn es deine Aufgabe wäre, das Haus zu verkaufen.»

Silvia schaltete ihren PC ein und legte die Tapetenmuster bereit, die sie in der Präsentation für Finkenstein verwenden wollte. «Trotzdem. Wenn ich jemanden betrügen wollte, würde ich mir keinen meiner Freunde dafür aussuchen.»

«Stimmt! Moment!» Nadja hatte sich auch wieder an ihren Platz gesetzt und las die E-Mail, die sich gerade mit einem Ping angemeldet hatte. Sie las aufmerksam, dann tippte sie in der hektischen Art, wie sie es immer tat. Schnell, aber ungenau. Ihre Backspace-Taste war schon ganz abgenutzt von den vielen Korrekturen. Aber es sah von außen so aus, als beherrsche sie das Zehn-Finger-System perfekt. Ganz Nadja, mehr Schein als Sein, aber eben auch liebenswert.

Silvia loggte sich inzwischen in ihrem Account ein und holte sich das Angebot für die Finkenstein-Villa auf den Bildschirm. Sie wollte sicher sein, dass sie hier keinen Mist machte. Dieser alte Finkenstein hatte ihnen den Auftrag nur erteilt, weil er von Silvias Fähigkeiten überzeugt war. Das wollte sie nutzen und ihn als ihren ersten Kunden gewinnen, wenn sie sich selbstständig machte.

«So, das wäre erledigt. Wo waren wir stehengeblieben?», fragte Nadja.

«Du hast unseren Makler verdächtigt.»

«Genau! Du weißt ja, ich hasse diese Immobilienmakler. Die sind noch schlimmer als diese Versicherungstypen, nichts für ungut.»

«Schon gut. Ich weiß ja, dass du Thomas nicht magst.»

«Er ist natürlich die große Ausnahme, welche die Regel bestätigt.»

«Aber bei Dominik kannst du beruhigt sein. Der wusste nichts darüber. Ganz im Gegenteil, er hat über Nacht schon herumtelefoniert, nur ist dabei nichts herausgekommen.»

«Wenn ihr ihn nicht kennen würdet, würde ich euch raten, ihn zu verklagen.»

«Selbst wenn wir wollten, könnten wir uns das nicht leisten. Aber jetzt sollten wir uns um unsere Arbeit kümmern, was meinst du?»

Sie wusste genau, dass weder Nadja noch sie selbst konzentriert arbeiten würden. Nicht nach den Ereignissen in ihrem Zuhause, das irgendwie plötzlich durchgedreht war.

Welche Farbe und welches Muster würde wohl am besten zu den grünen Schlammflecken passen? Sie schüttelte den Kopf. Sie durfte jetzt nicht an Zuhause denken. Sie musste jetzt weiter planen, doch irgendwie hatte sie das Gefühl, dass heute nicht viel mehr als ein erster grober Entwurf herausschauen würde. Wenn überhaupt. Vielleicht wäre sie doch besser zu Hause geblieben.

Trotz allem hatte sie es schließlich doch geschafft, zwei ganze Räume komplett durchzustylen und am Nachmittag lief es sogar noch besser. Sie stellte ihre Entwürfe in dem 3D-Programm zusammen und fand, dass die dunklen Wandvertäfelungen und die schweren Wandleuchter im Esszimmer ein ganz wundervolles Ambiente ergaben. Es sah fast aus wie in einem Schloss. So würde das diesem Finkenstein bestimmt gefallen. Dazu dann noch schwere Stühle aus massiver, dunkler Eiche. Fehlte nur noch ein runder Tisch, dann wäre das Klischee perfekt: die Tafelrunde, an der sich die Ritter treffen konnten. Vielleicht doch des Guten zu viel?

Nadja schien ebenso konzentriert zu arbeiten, wenigstens lies das gelegentliche Tippen und das ausdauernde Klicken der Maus darauf schließen. Doch ihre nächste Aussage machte diesen Eindruck zunichte: «Hier, ich habe etwas gefunden! Dein Haus hatte ja eine bewegte Geschichte.»

«Was?»

«Ich war doch ein paar Mal mit diesem Typen vom Grundbuchamt aus. Dabei hat er mir ein paar Tricks verraten. Und damit habe ich jetzt die Geschichte eures Hauses ziemlich genau recherchiert.»

Der Drucker spuckte zwei dicht bedruckte Seiten aus. Nadja griff triumphierend danach und hielt sie Silvia hin.

«Hier, das sind alle Besitzer der letzten achtzig Jahre. Weiter zurück habe ich nichts mehr gefunden. Sieh dir das an, ab hier: Martin Ammann, April 1953 bis Februar 1954, Albert Huber, März 1954 bis Juni 1955, Jakob Burkhart, Juni 1955 bis Oktober 1955, Alois Wieser, Dezember 1955 bis November 1956. So geht das immer weiter.»

Tatsächlich hatte das Haus eine Zeitlang regelmäßig den Besitzer gewechselt, alle paar Monate, kaum einer hatte es ein ganzes Jahr darin ausgehalten.

Die große Ausnahme kam erst ganz am Ende. Roger Streuli, April 1998 bis Oktober 2018. Der hatte zwanzig Jahre lang in diesem Haus gewohnt. Und dann erbte es seine Schwester, als er starb.

«Der hat zwanzig Jahre dort gelebt. Etwas musste in dieser Zeit anders gewesen sein. Aber was?»

«So ein Pech, dass man mit ihm nicht mehr reden kann», meinte Nadja.

«Ja. Schade. Aber vielleicht mit jemand anderem von dieser Liste. Ich schaue mir das heute Abend mit

Thomas an. Danke, meine Liebe. Aber jetzt solltest du dich wirklich wieder an die Arbeit machen.»

Nadja murrte etwas Unverständliches, doch sie setzte sich an ihren PC und tat zumindest so, als würde sie ernsthaft arbeiten.

Silvia war froh, dass sie jetzt nicht auch noch die Teamleiterin heraushängen lassen musste. Sie war zwar dazu ernannt worden, aber sie konnte doch Nadja keine Vorschriften machen. Jedes Mal fühlte sie sich schlecht dabei, obwohl sie bewusst auf einen Befehlston verzichtete.

Sie würde Nadja vermissen, wenn sie selbstständig arbeitete, diese Gespräche zwischendurch, Nadjas Begeisterungsfähigkeit und ihren Humor.

Wie sollte sie das später alleine schaffen? Das Planen machte ihr ja Spaß, ebenso die Präsentationen und die Kontakte mit den Lieferanten. Aber der ganze Kram im Hintergrund: die Administration, das Marketing, das Akquirieren neuer Kunden! Ganz zu schweigen von den vielen unnützen Dingen wie Buchhaltung und Steuern, die es zu erledigen galt. Aber da würde ihr vielleicht Thomas zur Seite stehen. Obwohl sie im Moment den Eindruck hatte, dass er dieser Idee noch weniger aufgeschlossen gegenüberstand, seit sie das Haus gekauft hatten.

«Silvia, bist du noch da?», fragte Nadja.

Sie schreckte hoch aus ihrem Tagtraum. «Was?»

«Du stehst wohl immer noch ziemlich neben dir. Bist du sicher, dass du arbeiten kannst?»

«Klar. Kein Problem. Alles in Ordnung.»

Nadja hob ihre rechte Augenbraue, versuchte zu ergründen, ob das der Wahrheit entsprach. Schließlich nickte sie und wandte ihre Aufmerksamkeit wieder ihrem PC zu.

Thomas saß zu Hause in seinem Arbeitszimmer und machte weitere Termine ab. Die drei Gespräche am Vormittag hatten kaum etwas gebracht und am Telefon wollte im Moment auch nichts so recht laufen. Alle wimmelten ihn ab, kaum dass er das Thema Versicherungen ansprach. Das war ihm früher zwar auch passiert, aber nicht so oft hintereinander. Was war nur los? Vielleicht lag es einfach daran, dass er schlecht geschlafen hatte. Er sollte sehen, dass er auf andere Gedanken kam. Eine kleine Runde im Wald könnte ihn wieder mit Energie aufladen.

Er schlüpfte in den Trainingsanzug und die Sportschuhe und machte sich auf den Weg.

Direkt hinter dem Haus führte ein Wanderweg vorbei, mehr ein schmaler Trampelpfad, der quer durch die Wiese lief und zwischen einigen Holunderbüschen im Wald verschwand. Diesem Weg folgte Thomas.

Im Wald veränderte sich die Luft, die Temperatur war milder und – auch wenn das jetzt sehr esoterisch klang – energievoller. Er konnte regelrecht fühlen, wie sich der Sauerstoff in seinem Körper anreicherte und ihm wieder Energie verlieh. Er erhöhte sein Tempo, lief zwischen Tannen und Buchen hindurch, vorbei an Brombeergestrüpp und kleinen zarten Tännchen, die sich ihren Platz an der Sonne suchten.

Er folgte dem Pfad und spürte, wie die Last des Alltags von ihm abfiel, sein Kopf sich leerte. Warum hatte er eigentlich mit dem Joggen aufgehört, wenn es ihm doch so guttat? Er hatte keine Ahnung. Irgendwie hatte es sich einfach nicht mehr ergeben, seit er als selbstständiger Broker unterwegs war. Vielleicht war es genau das, was er brauchte, um im Geschäft neuen Schwung zu bekommen. Vielleicht sollte er wieder regelmäßig zum Joggen in den Wald gehen. Der lag ja jetzt direkt hinter dem Haus. Und der Weg gefiel ihm, flach und weich. Die Luft war wunderbar, der Wald wirkte beruhigend und lud ihn gleichzeitig mit frischer Energie auf.

Vor ihm huschte ein Eichhörnchen über den Weg und einen Stamm hinauf. Der Weg führte ihn immer tiefer in den Wald hinein, irgendwann müsste er wohl umdrehen oder eine Abzweigung finden, die ihn wieder zurück Richtung Haus brachte. Aber für den Moment konnte er gut noch eine Weile laufen. Jetzt war er in der richtigen Stimmung, um über alles nachzudenken: das Haus, Silvias Albträume, das grüne Zeug.

Vielleicht sollte sich ein Klempner das Haus einmal anschauen? Aber ob der etwas finden würde? Immerhin war klar, dass es nichts mit den Wasserleitungen zu tun haben konnte. Und ein Klempner würde auch eine Rechnung schreiben, wenn er nichts fand.

Irgendwo raschelte es im Laub, bestimmt ein Vogel auf der Suche nach Nistmaterial. Wen könnte er denn sonst noch fragen? In welcher Branche konnten sie darüber Bescheid wissen? Ein Maler vielleicht? Das könnte eine Idee sein! Wenn das nur ein falscher Anstrich war?

Oder es gab ein Mittel, das dieses Zeug abhielt, so ähnlich wie beim Schimmel?

Das könnte eine gute Idee sein. Er würde das am Abend mit Silvia besprechen. Sie hatte ein großes Netzwerk in Sachen Innenausbau.

Sie kamen fast zeitgleich zu Hause an und setzten sich zusammen in die Küche. Sie hatten es beide eilig, von ihren Neuigkeiten zu berichten. «Du zuerst», meinte Thomas.

Also erzählte Silvia, was sie zusammen mit Nadja herausgefunden hatte, zeigte ihm stolz ihre Liste.

«Interessant. Tatsächlich viele Besitzerwechsel.»

«Nicht wahr? Ich werde versuchen, einige von den alten Besitzern anzurufen.»

«Gute Idee.» Er betrachtete nachdenklich die Liste. «Und ich frage mich, was bei diesem Roger Streuli, der zuletzt dort gewohnt hat, anders war als bei den anderen.»

«Das haben wir uns auch gefragt. Nadja wird dazu noch etwas recherchieren.»

«Dominik hat doch erzählt, der habe allein hier gelebt. Könnte es damit zu tun haben? Waren denn die vorherigen Besitzer jeweils verheiratet?»

Silvia starrte ihren Mann an. «Du meinst, das Haus ist verhext, aber nur, wenn Familien darin wohnen?»

«Wenn du es so sagst, klingt es absurd, aber ...»

Silvia las die Liste noch einmal durch. Heute waren ja immer Mann und Frau jeweils zur Hälfte eingetragen. So hatte der Mann auf der Bank das verlangt. Aber damals war das vermutlich noch ganz anders. Da hatten die Frauen noch weniger Rechte, alles gehörte dem Mann, sogar die Frau.

«Wenn es nicht absolut verrückt wäre, könntest du wirklich recht haben.» Dann schüttelte sie den Kopf. «Wir hören uns an wie die Psychos, die glauben von Außerirdischen entführt worden zu sein.»

«Ich weiß, aber war es nicht der Erfinder von Sherlock Holmes, der sagte: Wenn du das Unmögliche ausgeschlossen hast, dann ist das, was übrig bleibt, die Wahrheit, so unwahrscheinlich es auch klingen mag.»

«Trotzdem. Ich werde mich nachher im Internet auf die Suche nach diesen alten Besitzern machen. Die können ja nicht alle tot sein.»

Thomas starrte sie entsetzt an. «Sag mir bitte, dass du sicher bist, dass die nicht alle in unserem Haus gestorben sind.»

Silvia schauderte. Daran hatte sie noch gar nicht gedacht. Das wurde ja immer verrückter. Je länger sie sich damit beschäftigten, umso mehr Geister schwirrten durch ihren Kopf. Was, wenn die nächtlichen Geräusche, die sie hörte, von den Geistern dieser Menschen stammten, die hier kurz gelebt hatten und dann gestorben waren. Vielleicht waren sie ja nachts an grünem Schleim erstickt!

«Mir reicht's!», sagte sie. «Ich schlafe keine Nacht mehr in diesem Haus!»

«Sondern?»

«Was weiß ich, bei Mama oder zur Not in einem Hotel.»

136

Thomas ließ vor Schreck den Kugelschreiber fallen, mit dem er seine Hand beschäftigt hatte. «Du willst mich also verlassen?»

«Natürlich nicht! Du kannst ja mitkommen.»

«Silvia, ich glaube jetzt überreagierst du.»

«Überreagieren? Hör mir bloß damit auf. Reicht es nicht, dass ich jede Nacht diese Albträume habe. Muss ich jetzt auch noch glauben, dass ich hier in diesem Haus umkommen soll?»

Thomas stand auf und legte von hinten die Arme um sie, bot ihr Schutz, während sie auf ihrem Stuhl saß und schluchzte.

«Es wird alles gut. Wir finden eine Lösung. Wir sollten uns jetzt nur nichts einreden, was nicht ist.»

«Das sagst du so», schluchzte sie. «Du erwachst ja nicht mitten in der Nacht und bist fast in deinem eigenen Bett ertrunken.»

Er küsste sie auf die Wange. «Wir beide schaffen das. Wenn wir zusammen sind, sind wir unschlagbar, erinnerst du dich?»

Sie nickte.

«Wir haben noch nie was nicht geschafft.»

«So etwas haben wir auch noch nie erlebt.»

FÜNFZEHN

Silvia ließ sich schließlich doch überreden, noch einen Tag länger in diesem Haus zu bleiben. Irgendwie musste es eine Lösung geben und Thomas' Vorschläge waren immerhin einen Versuch wert.

Um drei Uhr morgens bereute sie diesen Entschluss wieder. Ihr Albtraum war zurückgekommen! Wieder hatte sie das Gefühl, in dieser grünen Masse zu ertrinken.

Schlaftrunken und benommen wankte sie in die Küche, um mit einem Glas Orangensaft den üblen Geschmack in ihrem Mund zu verdrängen. Doch diesmal brachte das keine Linderung, die Säure brachte ihren Magen zum Rebellieren. Sie stieß sauer auf und presste sich die Faust vor den Mund, um den Brechreiz zurückzudrängen. Vielleicht half ja ein Tee. Sie kochte sich einen heißen Hagebuttentee mit einem großen Löffel Honig. Das half immer, wenn sie nicht schlafen konnte. Hoffentlich auch diesmal.

Sie wollte den Rest der Nacht durchschlafen, damit sie morgen – eigentlich schon heute – wieder richtig arbeiten konnte, also trank sie den Tee aus, der tatsächlich ihren Magen beruhigte. Doch als sie wieder hinauf ins Schlafzimmer ging und bereits den Fuß auf die erste Treppenstufe gestellt hatte, entdeckte sie wieder einen

Fleck an der Wand des Wohnzimmers. Erstaunlich hell, fast fluoreszierend, prangte er dort, wo sie am liebsten einen Kamin einbauen würde.

Sie machte Licht und besah sich das Ganze aus der Nähe. So riesig war bisher noch keiner gewesen. Fast so groß wie das Fenster daneben. Sie strich mit dem Finger darüber. Er fühlte sich an wie immer, wie Schaum, nur trockener.

Was zum Teufel war das nur? Jedenfalls schien ihre Theorie, dass diese Dinger nur auftauchten, wenn sie miteinander geschlafen hatten, doch nicht zu stimmen. Sie hatten keinen Sex gehabt. Wie auch bei dem ganzen Stress! Aber wenn es nicht daran lag, woran sonst?

Sie legte den Kopf zurück und fragte in die Stille: «Was willst du mir nur damit sagen?»

Als ob das Haus Fragen beantwortete! Ein kleiner Rest Hoffnung war eben doch dabei. Gab es nicht Menschen, die behaupteten, dass Häuser eine Seele hatten?

Wie zum Beweis knackte es irgendwo im Holz. Für den logischen Teil ihres Kopfes war sofort klar: Das war nur ein Spannungsausgleich des Holzes, eine Bewegung durch die Temperaturschwankungen der Nacht. Immerhin stand die kälteste Zeit der Nacht bevor. Aber die fantasievolle Silvia in ihr drin wollte auch gehört werden. Und die glaubte definitiv, dass dieses Haus ein Eigenleben hatte. Dass es ihr etwas sagen wollte mit diesen Flecken, aber was?

Aus weiter Ferne hörte sie wieder dieses Kind jammern. Oder war es nur ein Luftzug, der durch eine Ritze im Keller pfiff?

139

Der Keller! Irgendetwas stimmte damit definitiv nicht. Da war sich Silvia ganz sicher. Es gab so viele Hinweise. Die nächtlichen Geräusche, die schwere Tür, die hinter ihr ins Schloss gefallen war, und wer weiß, vielleicht hatten sogar diese Schlammflecken damit zu tun. Konnte das alles irgendwie zusammengehören? Und auch ihre Albträume? Geister, Kinderstimmen, Schlamm, Schritte im Haus?

Hatte sie vor ein paar Minuten noch geglaubt, sie könnte einfach wieder ins Bett steigen und weiterschlafen, so war daran jetzt nicht mehr zu denken. Sie musste einfach wissen, was es damit auf sich hatte.

Ob die Leute auf ihrer Liste alle mit diesem Zeug zu kämpfen hatten? Aber wenn es so wäre, müssten doch irgendwo Zeitungsartikel zu finden sein. Das wäre ein Thema, das die Medien bestimmt nicht einfach links liegen ließen. Für manche Zeitschriften war das eine regelrechte Sensation und kam vermutlich noch vor den UFO-Sichtungen auf die Titelseite.

Sie startete ihren Laptop und loggte sich im Internet ein. Sie gab ihre Adresse ins Suchfenster ein, bekam aber kaum Ergebnisse über das Haus. Werbung für Immobilienhändler, ein paar alte Verkaufsprospekte für das Haus, Handänderungen, Zivilstandsnachrichten. Nichts Brauchbares.

Nach einer halben Stunde gab sie frustriert auf. Vielleicht konnte sie im Büro Nadja fragen, die war geübter bei solchen Sachen. Die fand alles im Internet, weiß der Geier, wie sie das immer schaffte.

Jetzt sollte sie sich trotzdem noch etwas ins Bett legen, das würde ihr guttun. Und wenn sie auch nicht mehr schlafen konnte, so konnte sie sich immerhin an Thomas kuscheln und von ihm etwas Ruhe bekommen.

Sie schaltete also den Laptop wieder aus und als sie die Treppe hinauf stieg, fröstelte sie. In der ganzen Aufregung war ihr gar nicht aufgefallen, wie kalt es geworden war.

Thomas war wunderbar warm. Er zuckte nur kurz, als sie ihn mit ihren kalten Füssen berührte.

Sie war tatsächlich fast sofort eingeschlafen und erwachte wieder, als der Wecker sie um halb sieben aus dem Schlaf holte. Sie fühlte sich zwar etwas durcheinander, aber hatte sich immerhin so weit erholt, dass sie einen weiteren Arbeitstag anpacken und Nadja für ihre Zwecke einspannen konnte.

Beim Frühstück war Thomas äußerst wortkarg. Ein gemurmeltes «Guten Morgen, gut geschlafen?» war alles, was er sagte, bevor er seine Nase in sein Tablet steckte. Damit war klar, dass er nicht reden wollte. Und das war ihr sogar recht. Sie wollte nämlich selbst nicht über die vergangene Nacht reden. Wenn er wüsste, dass sie wieder einen dieser Albträume gehabt hatte, würde er sich nur aufregen. Dabei machte er sich im Moment weiß Gott schon genug Sorgen. Ihn noch mit diesen Dingen zu belasten, schien ihr einfach unfair. Das Wichtigste würde sie mit Nadja im Büro besprechen können und vielleicht am Abend bei einem Glas Wein mit Kathrin.

«Ich glaube, dass es mit unserem Kinderwunsch zu tun hat», meinte Silvia in der Kaffeepause.

«Was?», fragte Nadja.

«Na, die Sache mit dem grünen Schlamm im Haus.»

«Und wie soll das gehen?»

«Das kann ich mir auch noch nicht erklären.» Silvia trank einen Schluck Kaffee und verbrannte sich fast die Lippen. «Vielleicht etwas mit den Hormonen?»

«Und wie kommen die aus deinem Körper raus und an die Wände? Nein du, das muss etwas anderes sein.»

Während sie ihre Schoko-Croissants aßen und den jetzt nicht mehr ganz so heißen Kaffee tranken, dachten sie darüber nach, was wohl die Ursache für diese seltsamen Erscheinungen sein könnte. Die Albträume hatten bestimmt mit der psychischen Belastung zu tun. Der Umzug, die berufliche Veränderung, der Kinderwunsch. Alles Dinge, die Silvia innerlich durcheinanderbrachten, verwirrten und natürlich auch ängstigten. Das war immer so bei ihr. Immer, wenn sie die ausgetretenen Pfade verließ und neue Wege einschlug, zitterten ihre Knie. Nicht nur im übertragenen Sinn, sondern in echt. Auch jetzt hatte sie weiche Knie.

Das erklärte aber nicht die physischen Erscheinungen im Haus, diesen Schlamm. Das war etwas ganz anderes. Aber was?

«Du könntest es natürlich mit Räuchern versuchen», schlug Nadja vor. «Ich habe gelesen, dass damit ganz erstaunliche Ergebnisse möglich sind.»

«Räuchern?»

142

«Ja, du weißt doch. Wie mit dem Weihrauch in der Kirche. Du verbrennst irgendwelche Kräuter oder Harze und lässt den Rauch durch das Haus strömen. Das soll die Aura reinigen und alte Energien, die irgendwie an den Ort gebunden sind, entfernen.»

Silvia starrte ihre Kollegin an. «Ich wusste gar nicht, dass du dich mit solchen esoterischen Dingen beschäftigst.»

«Tue ich auch nicht. Aber ich habe halt schon darüber gelesen. Und wenn es nicht hilft, so schadet es bestimmt auch nicht.»

Silvia dachte einen Moment darüber nach. Sollte sie sich auf so etwas einlassen? Nadja hatte schon recht, verlieren konnte sie damit nichts, außer vielleicht ein paar Franken für die Utensilien, die sie dazu brauchte.

In diesem Moment wurden sie jäh aus ihrer Konversation gerissen, als die Tür schwungvoll geöffnet wurde und ihre Chefin Heidi hineinplatzte, wie sie das immer tat, hektisch und ungeduldig. «Wie sieht's eigentlich aus mit der Präsentation für Lawson?»

Ein kalter Schauder durchzuckte Silvia. Damit war sie deutlich im Hintertreffen. Dieses Projekt hatte sie etwas vernachlässigt, weil dieser aufgeblasene Brite ein unangenehmer Zeitgenosse war und sie lieber für Finkenstein arbeitete.

«Ich arbeite noch daran, wann brauchst du sie denn?»

Ihre Chefin rümpfte die Nase, sodass ihre eckige Brille einen kleinen Hüpfer machte. «Lawson wollte wissen, ob wir die Präsentation übermorgen halten können.»

Übermorgen! Mist! Das bedeutete noch eine Nachtschicht. «Ja, das sollte klappen», sagte sie, in der Hoffnung, Heidi würde nicht bemerken, wie sie das stresste.

Erneut hüpfte die Brille auf Heidis Nase, doch sie verzichtete auf einen Kommentar. «Also gut, ich möchte das aber sehen, bevor du es live präsentierst.» Dann schwang sie die Tür wieder genauso energisch zu, wie sie sie zuvor aufgerissen hatte.

«Uff. Diesen Lawson habe ich erfolgreich verdrängt. So ein Mist!»

«Schaffst du das denn?», wollte Nadja wissen.

«Ich muss ja. Ich werd's einfach mit nach Hause nehmen. Da habe ich ja jetzt auch einen Arbeitsplatz.»

«Dann sollten wir zusehen, dass du dort nicht noch weiter abgelenkt wirst. In der Mittagspause fahren wir in diesen Esoterikshop an der Wilerstraße und kaufen alles, was du zum Räuchern brauchst. Ich habe gehört, dass die Besitzerin des Ladens regelmäßig Séancen abhält und sich mit allen möglichen übernatürlichen Phänomenen befasst. Die kann dir bestimmt helfen.»

«Das ist nicht dein Ernst, oder? Sie soll bei mir Geister beschwören.»

Nadja lachte laut auf. «Natürlich nicht! Aber sie kann dir immerhin einige Tipps geben, was du tun kannst. Du musst nur offen sein für andere Ideen. Was meinst du? Einen Versuch ist es doch wert, oder?»

«Aber ...»

«Was hast du schon zu verlieren? Wir fahren heute Mittag dahin und nachher lade ich dich auf ein Sandwich bei Subway ein, einverstanden?»

144

Thomas war wieder auf Hausfrauen-Tour, zuerst bei Bettina Stempfle, einer jungen Mutter, die gerade ihre beiden Kinder zur Schule geschickt hatte und jetzt Zeit fand für ein Gespräch über Kranken- und Unfallversicherungen. Danach besuchte er Regula Bosshard, eine alleinstehende Witwe, für die er die gesamten Versicherungen organisierte und die gerade einen Fall für die Hausratversicherung hatte. Ihr war ins Auto eingebrochen und die Handtasche samt Portemonnaie und Schlüsseln gestohlen worden. Er verstand zwar nicht, wieso es immer noch Frauen gab, die ihre Handtasche im Auto liegen ließen, aber aus beruflicher Sicht war das natürlich ein Auftrag wie jeder andere.

Die nächste Kundin war Brigitte Rutishauser. Sie schaukelte ihren drei Monate alten Sohn auf den Knien und wollte von Thomas alles über Zahnversicherungen und über Vorsorge und Lebensversicherungen wissen.

Während er ihr die verschiedenen Vor- und Nachteile aufzeigte, betrachtete Thomas den Kleinen, der so glücklich aussah auf dem Schoss seiner Mutter. Wenn Silvia nur endlich schwanger würde, dann könnte sie auch zu Hause bleiben mit ihrem Sohn. Nur dass Silvia im Gegensatz zu dieser armen Frau hier einen Mann hatte, der für sie sorgte. Bei seinem letzten Besuch hatte er nämlich den Fehler gemacht, Bettina Rutishauser auf den Vater des Jungen anzusprechen. Sie hatte ihm einen halbstündigen Vortrag darüber gehalten, wie ihr Ex sie hatte sitzen lassen und was er doch für ein Nichtsnutz wäre. Dass er nicht einmal die Alimente bezahle und vermutlich längst irgendwo im Knast säße.

Ein Glück, dass es in seiner Beziehung besser lief. Silvia arbeitete zwar noch, aber wenn sie dann erst mal ihren Sohn geboren hatte, konnte sie zu Hause bleiben und er, Thomas, würde genug Geld nach Hause bringen, dass es ihnen an nichts mangelte. Allerdings war das mit den Kindern im Moment noch in weiter Ferne, so lange sie diesen Stress mit dem Haus hatten.

Sollten sie vielleicht doch wieder in eine Mietwohnung ziehen? Frau Rutishauser schien glücklich zu sein, obwohl ihre Wohnung sehr klein war. Hatte er sich zu viel vorgenommen mit Haus und Familie? Waren sie doch noch nicht so weit? War es das, was das Haus ihnen sagen wollte mit diesen Schlammflecken?

Aber das war natürlich Unsinn. Häuser konnten nicht reden und diese Flecken hatten bestimmt einen ganz natürlichen Ursprung, den sie nur finden mussten, um ihn zu beheben.

Er schreckte aus seinen Gedanken, als Brigitte Rutishauser ihn fragte, ob es ihm gut gehe. Er war so stark abgedriftet, dass sich zwischen ihnen eine beklemmende Stille aufgetan hatte, die jetzt etwas schwer zu überbrücken war.

«Ja, entschuldigen Sie.»

«Schon gut. Also, können Sie mir das so organisieren?», fragte sie.

«Ja. Ich besorge alle nötigen Papiere und bringe sie nächste Woche zur Unterschrift vorbei.»

146

Er verabschiedete sich von der Frau und winkte dem Kleinen fröhlich zu, als er ging.

Schlag zwölf Uhr fuhr Silvia ihren PC herunter und machte sich mit Nadja auf den Weg zu diesem Esoterikshop.

'Magic Prana' stand da in großen, verschnörkelten Lettern über dem Eingang. Als sie die Tür aufstießen, bimmelte über ihnen ein kleines Glöckchen. Sie betraten ein enges, düsteres, staubig wirkendes Lokal, das auf beiden Seiten von Bücherwänden gesäumt war.

Eine Frau von unbestimmbaren Alter kam auf sie zu, bestimmt die Besitzerin. Sie war in braune und grüne Tücher gehüllt und ging leicht gebückt. Sie sah fast aus wie ein knorriger, alter Baum. Ihre langen, weißen Haare waren zu einem Pferdeschwanz zusammengebunden, auf der Nase saß eine halbrunde Brille mit Holzgestell und dicken Gläsern.

«Guten Tag! Mein Name ist Eve, was kann ich für Sie tun?», sagte die Frau. Ihre Stimme passte zu ihrem optischen Erscheinungsbild. Etwas kratzig, etwas krähenhaft und doch irgendwie freundlich.

«Nun, es ist so ...», begann Silvia. «Wie soll ich sagen ...»

Die Frau blickte sie über ihre Brille hinweg an.

Nadja stieß ihr den Ellbogen in die Seite. «Na los, erzähl's ihr.»

«Also, es ist wegen unseres neuen Hauses. Dort passieren seltsame Dinge.»

«Dinge? Was für Dinge?», fragte die weißhaarige Frau.

Und Silvia begann zu erzählen. Sie berichtete von den grünen Flecken, vom Kindergeschrei und ihren Albträumen. Eve nickte immer wieder und murmelte leise «aha» oder «interessant» oder «so so».

Als Silvia ihren Bericht beendet hatte, herrschte eine Zeitlang eine bedrückende Stille. Niemand sagte etwas, alle warteten gespannt, dass jemand etwas sagte. Schließlich räusperte Eve sich und holte Luft, doch dann winkte sie ab und ging wortlos hinter ihren Tresen.

«Also, was meinen Sie?», rief Nadja ihr hinterher.

«Ich bin mir nicht sicher», meinte Eve.

«Inwiefern?»

«Ob ich helfen kann, natürlich», krächzte die Frau und verschwand mit wehendem Rock – oder waren es doch nur Tücher, die sie um sich geschlungen hatte? – in einem Nebenraum.

«Was für ein komischer Kauz», meinte Silvia.

«Käuzin», kicherte Nadja.

«Ich bin zwar alt, aber ich höre ganz ausgezeichnet», klang es aus dem Nebenraum. Dann tauchte Eve auch schon wieder auf. Gerade noch rechtzeitig, um zu sehen, wie Silvia und Nadja rot anliefen.

«Hier», die Alte stellte eine durchsichtige Tüte mit einer Kräutermischung vor ihnen ab. «Sie scheinen eine Art Geist in Ihrem Haus zu haben. Ich weiß zwar nicht genau, welcher Art, aber das hier sollte trotzdem helfen.»

«Und was tue ich damit?», fragte Silvia.

148

Die Alte lugte über den Rand ihrer Brille. «Sie räuchern ihr Haus damit.»

«Und wie mache ich das?»

Erneut dieser Blick über den Rand der Brille. «Oje, eine Anfängerin. Das war ja eigentlich zu erwarten.» Dann rauschte Eve durch den Laden, sammelte Gegenstände ein. Eine kleine Kerzenlampe, ein Metallsieb, eine Bienenwachskerze, Streichhölzer, eine kupferne Grillzange.

Sie legte alles auf die Theke und schien zu kontrollieren, ob alles da war, indem sie jeden Gegenstand mit dem Finger antippte.

«Ja. Das wäre alles, was Sie brauchen», verkündete sie schließlich.

Sie erklärte den beiden, wie sie alle diese Utensilien – sie hat wirklich Utensilien gesagt! – zu benützen hatten und wie sie den Rauch in allen Räumen des Hauses verteilen sollten.

Als Silvia glaubte, alles verstanden zu haben, bezahlte sie. Siebzig Franken waren ein stolzer Preis für die paar wenigen Kräuter, aber wenn es half, dass sie sich in ihrem neuen Haus wohler fühlte, war es diesen Preis wert.

SECHZEHN

Als Thomas um kurz nach sechs Uhr nach Hause kam, roch das ganze Haus nach Rauch. Besorgt rief er nach Silvia und sprang die Treppe hoch, immer zwei Stufen auf einmal nehmend.

Er traf sie im Schlafzimmer, wo sie mit einem Gefäß hantierte, aus dem Rauch austrat und das ihn entfernt an den Weihrauchbehälter in der Kirche erinnerte.

«Was machst du?», wollte er wissen.

Silvia erzählte ihm von ihrem Besuch im Magic Prana und dass Eve ihr erklärt hatte, wie sie das ganze Haus ausräuchern soll, damit dessen Energien gereinigt würden.

«Das ist doch Quatsch. Die einzige Energie in diesem Haus kommt aus den Steckdosen.»

«Vielleicht hilft's ja wirklich nicht, aber einen Versuch ist es doch wert! Oder hast du eine bessere Idee?», schnappte sie.

Die hatte er im Moment tatsächlich nicht. «Tut mir leid», murmelte er. «Aber du weißt ja, dass ich mit solchen Sachen nichts anfangen kann.»

«Schon gut. Und jetzt lass mich hier fertig machen.»

Thomas stapfte missmutig die Treppe hinab. Schon wieder hätten sie fast gestritten wegen dieses Hauses. Das konnte doch so nicht weitergehen. Sollten sie das Haus doch wieder verkaufen? Heute schien irgendwie alles daneben zu gehen. Abgesehen von den beiden kleinen Verträgen mit den Hausfrauen hatte gar nichts geklappt. Am Nachmittag war er zum dritten Mal bei der Lehnherr AG gewesen, die sämtliche Versicherungen zu ihm transferieren wollte. Und heute hatte dieser Lehnherr ihm kaltschnäuzig abgesagt! Er hätte sich jetzt doch für jemand anderes entschieden. Und dafür hatte Thomas nun drei Mal einen halben Tag investiert.

Er schlüpfte aus seinen Schuhen, ohne die Schnürsenkel zu öffnen und kickte sie von sich. Nur in Socken ging er in die Küche. Der Rauchgeruch hatte ihn durstig gemacht.

Das Bier war zwar kalt und schmeckte frisch, doch seine Laune verbesserte sich dadurch nicht. Immer wieder sah er vor dem geistigen Auge die große Hypothek, die regelmäßigen Zinsen und dazu den verlorenen Auftrag. So ein Mist. Allein mit der Provision für die vielen Policen der Lehnherr AG hätte er einen ganzen Monat der Zinsbelastung geschafft. Von den vielen kleinen Geschäften aus der Hausfrauen-Tour brauchte er Dutzende, um die gleiche Provision zu erreichen.

Gut, so lange Silvia noch arbeitete, wäre das Geld kein Problem, aber wenn sie dann Kinder hatten und Silvia zu Hause blieb, durfte so etwas wie heute nicht mehr passieren, dann musste er diese Großaufträge abschließen. Aber wie, wenn Kunden wie dieser Lehnherr ihn so verarschten?

Er zerquetschte die leere Bierdose. Und dieser verfluchte Rauchgeruch hing ihm zum Hals heraus. Er stürmte zur Terrassentür und ging – noch in Socken – hinaus.

Die Luft war frisch und kühlte seinen Kopf. So langsam tat auch der Alkohol seine Wirkung und er konnte das Geschnatter in seinem Kopf herunterdrehen. Das ständige Aufleuchten der hohen Schulden und der verpatzten Chancen wurde abgelöst durch Gedanken an Familie, Kinder und dieses Bilderbuch-Ambiente. Der Brunnen plätscherte munter. Seit Silvia ihn gereinigt hatte, sprudelte das Wasser ganz friedlich. Die Bäume im Hintergrund wogten im Wind sanft hin und her und aus der Linde hörte er fröhliches Vogelgezwitscher.

«Vielleicht schaffen wir es ja doch», sagte er laut zu sich selbst und holte sich noch ein Bier aus dem Kühlschrank.

Nachdem sie das ganze Haus mit diesem duftenden Rauch behandelt hatte, setzte sie sich zu Thomas auf die Terrasse. Er hatte die Augen geschlossen und schien den Geräuschen der Natur zu lauschen.

Sie griff nach seiner Hand.

Langsam drehte er den Kopf zu ihr und schlug die Augen auf. Eine einzelne Träne kullerte über seine Wange. «Es wird doch alles gut werden?»

«Natürlich.»

Er drückte ihre Hand.

Wann hatte sie ihn zuletzt so unsicher erlebt? Das musste kurz vor seinem Antrag gewesen sein. Da hatte er sie auch oft so angesehen aus seinen Hundewelpenaugen mit den tiefen Tränensäcken. Doch seither war er viel selbstbewusster geworden. Irgendetwas musste heute passiert sein, was ihn wieder aus der Bahn geworfen hatte.

Sollte sie fragen, was ihn bedrückte? Allerdings hatte er seinen Bitte-nicht-stören-Gesichtsausdruck aufgesetzt. Dann war es normalerweise sinnlos, ihn auf seine Gefühle anzusprechen. Er hatte die emotionalen Rollläden herabgelassen und würde gar nichts preisgeben.

«Ich werde uns etwas zu essen machen», sagte sie schließlich und marschierte in die Küche.

Nach einem kleinen Abendessen – Salat und Brot – lagen sie nebeneinander im Bett, beide mit einem Buch. Thomas las über Verkaufstechniken, Silvia einen Gruselroman.

Doch diesmal fand sie nicht richtig in die Geschichte hinein. Immer wieder musste sie daran denken, dass sie jetzt selbst in einem dieser Romane lebte. Wie hatte das nur passieren können. Gerade noch waren sie ein glückliches Paar gewesen und jetzt lebten sie in einem Haus, das direkt einer Gruselgeschichte entstiegen war.

Schließlich legte sie den Roman zur Seite. Ihr war die Lust auf Lesen vergangen. Wie auch auf vieles anderes. Trotzdem kuschelte sie sich dicht an Thomas heran, weil sie dann einfach besser einschlafen konnte.

Kurz nach drei Uhr morgens schreckte sie wieder aus einem Albtraum hoch. Erneut war ihr Mund voll von diesem ekligen Schlamm, sie hatte davon geträumt zu ertrinken. Ihr Schrei erstarb in dem hässlichen Geschmack zwischen Trockenheit und abgestandenem Wasser, der sich in ihrem Mund ausbreitete.

Sie schüttelte Thomas wach, legte ihren Kopf auf seine Brust und heulte. «Ich halte das nicht mehr aus!»

«Schon wieder so ein Albtraum?»

Sie nickte, zeigte ihm ihr Nachthemd, auf dem sich der Schlamm ausgebreitet hatte wie auf einem Lätzchen.

«Komm, lass uns das ausziehen und dich waschen», sagte er und half ihr erst aus dem Bett und danach aus dem Nachthemd.

Langsam begleitete er sie zum Badezimmer und wusch ihr behutsam den restlichen Schlamm aus dem Gesicht.

Sie drängte sich an ihn, suchte Schutz an seinem warmen Körper.

«Warum passiert das immer nur mir? Warum habe nur ich diese Träume? Hat das Haus ein Problem mit Frauen?»

«Das kann doch gar nicht sein», sagte Thomas mit kraftloser Stimme.

«Und das ganze Räuchern hat auch nichts gebracht! So ein Mist. Die wird was zu hören bekommen!»

«Die wird gar nichts zu hören bekommen, wenn du nicht versuchst, noch etwas zu schlafen.»

«Ich kann doch hier nicht mehr schlafen!», schrie sie ihn an.

«Gleich morgen kümmern wir uns um ein Hotelzimmer. Dann können wir dort bleiben, bis wir eine Lösung für das Haus gefunden haben. Einverstanden?»

Sie schaute ihm in die Augen. Da war kein Verkäuferfunkeln zu erkennen. Er schien es ernst zu meinen. «Können wir nicht jetzt schon ein Hotel suchen?»

«Es ist halb vier Uhr morgens. Um diese Zeit bekommen wir bestimmt kein Zimmer. Willst du nicht wenigstens versuchen, noch etwas zu schlafen?»

Sie fröstelte. «Ich sollte mir wenigstens etwas anziehen.»

Thomas musste sie stützen, so wacklig war sie auf den Beinen. Mit kleinen Schritten und an ihn gelehnt schlurfte sie ins Schlafzimmer zurück.

Sobald sie das Bett sah, auf dem immer noch Reste des Schlamms klebten, schauderte sie wieder. Sie schüttelte den Kopf. «Nein, hier werde ich nie mehr schlafen!»

Sie schlüpfte in einen Flanell-Pyjama, den wärmsten den sie hatte. Doch auch der konnte ihre innere Kälte nicht vertreiben.

«Legen wir uns aufs Sofa», flüsterte sie.

Dort erwartete sie schon die nächste Überraschung. Aus drei von vier Wänden hatte das Wohnzimmer diesen grünen Schlamm ausgeblutet.

Silvia riss sich an den Haaren, schrie aus Leibeskräften. «Das soll einfach aufhören!»

Selbst Thomas, der immer so gefasst war, konnte jetzt nicht mehr anders, als seinem Frust und seinem Ärger in einem heftigen Schrei Luft zu machen. «Dieses verdammte Haus! Anzünden sollte man es!»

Silvia sank auf einen Stuhl, legte das Gesicht in die Hände und weinte. «Wir haben doch nichts Böses getan?»

Thomas dachte angestrengt nach. Was konnten sie nur tun? Sie brauchten beide Schlaf und Erholung. Aber hier ging das nicht. Ein Hotel kam ebenfalls nicht in Frage.

«Was meinst du dazu, wenn wir in der Garage schlafen? Da müssten noch das Zelt und die Schlafsäcke sein.»

«Und wenn dort auch alles grün ist?»

«Dann setzen wir uns ins Auto und fahren zu deiner Mutter.»

In der Garage roch es besser als im Haus. Nach altem, trockenem Holz und nach Staub und Spinnweben, falls diese einen Geruch hätten. Es gab keine Spur von grünem Schlamm oder Feuchtigkeit irgendwelcher Art. Allerdings herrschte noch eine ziemliche Unordnung. Thomas kramte die Luftmatratzen hervor und schob den Rasenmäher und die beiden Fahrräder nach draußen, um Platz zu schaffen. Ein Glück, dass er auch die Fußpumpe fand, um die beiden Luftmatratzen aufzublasen.

Er breitete die beiden Schlafsäcke darauf aus. Wann waren sie eigentlich zuletzt campen gewesen? Das musste schon ein paar Jahre her sein. Wenn sich die Situation beruhigt hatte, könnten sie vielleicht wieder einmal in die Berge fahren.

«Bitte sehr, Madame. Ihr Schlafplatz ist bereit», sagte er, was Silvia nur mit einem müden Lächeln quittierte. Ihr war jetzt nicht nach Scherzen zumute.

Im Schlafsack schlief Silvia zwar unruhig, aber immerhin ohne weitere Albträume und als sie ein paar Stunden später von Thomas geweckt wurde, waren die Schrecken der Nacht nicht mehr ganz so schlimm.

«Müssen wir wirklich schon aufstehen?», fragte sie.

«Leider ja. Ich habe heute eine Menge Termine und du solltest auch zu Arbeit.»

Sie fühlte sich, als ob sie auf dem nackten Beton geschlafen hätte. Jeder Knochen in ihrem Körper schmerzte, im Mund hatte sie noch immer diesen fauligen Geschmack und in ihrem Hinterkopf wuchs eine Migräne heran.

«Ich werde heute nicht hingehen. Ich brauche einfach meine Ruhe.»

«Und hier bleiben?» Er deutete auf die Unordnung in der Garage. «Oder im Haus?»

Da hatte er recht. Vielleicht war das keine gute Idee. Aber wo sollten sie sonst hin? «Vielleicht sieht es bei Tag ja besser aus? Lass uns mal reingehen. Wir müssen ja sowieso unsere Kleider holen.»

Kurz darauf bereute sie diesen Vorschlag. Das Haus sah aus wie der Brunnen einige Tage zuvor. Schon in der Eingangsdiele sahen sie die ersten Flecken, das Wohnzimmer war richtig schlimm dran und sogar in der Küche zeigten sich erste Spuren. Das Grün hatte sich über Nacht noch weiter ausgebreitet.

«Ob es etwas bringt, wenn ich das Zeug abwische?», meinte Silvia.

«Ich sage das nicht gern, aber ich denke, das kommt eh wieder.»

«Stimmt. Aber ich kann das doch nicht so lassen. Vielleicht gewinnen wir dadurch etwas Zeit, um eine Lösung zu finden. Fahr du nur zur Arbeit und ich wische das jetzt auf.»

«Puh, da hast du dir eine große Aufgabe vorgenommen. Schaffst du das denn?»

Silvia beäugte die grün schimmernden Wände. «Ich muss ja wohl.»

«Tut mir leid, dass ich dir nicht helfen kann. Ich habe wirklich viele Termine. Und du weißt ja, dass ich nur Geld verdiene, wenn ich neue Verträge abschließe.»

«Schon gut, geh dich umziehen, ich komme gleich nach.»

Sie holte ihr Handy aus der Küche, wo es über Nacht am Ladegerät gehangen hatte, und rief Nadja im Büro an. Sie erklärte, was passiert war, und meldete sich krank.

«Du musst mir bitte die Präsentation für Lawson abnehmen.»

«Na toll! Aber nur, weil du gerade wirklich andere Probleme hast.»

«Danke, Nadja. Und die Sache für Finkenstein mache ich dann selbst, sobald ich kann. Und für diesen Unsinn mit dem Räuchern schuldest du mir noch etwas!»

«Wieso? Hat es nicht geklappt?»

158

Silvia erklärte, was in der Nacht passiert war und wo sie geschlafen hatten. «Und jetzt werde ich mich an die Arbeit machen. Erst putzen und dann eine Lösung suchen.»

In diesem Moment kam Thomas fein herausgeputzt die Treppe herab. Er sah so frisch und ausgeruht aus. Wie hatte er das nur hinbekommen. Er küsste sie zum Abschied und ließ sie allein im Haus zurück.

Sie blickte ihm wehmütig hinterher, sah zu wie er über den Feldweg davon rumpelte. Wie gerne wäre sie jetzt auch in ihren kleinen Wagen gestiegen und davongefahren, aber das ging eben nicht.

Als sie die Treppe hoch stapfte, darauf bedacht, den grün schimmernden Handlauf nicht zu berühren, fiel ihr auf, dass es jetzt früher als gedacht so weit war: Sie blieb zu Hause und putzte, während ihr Mann zur Arbeit fuhr. Jetzt war noch keine Woche vergangen seit ihrem Einzug und sie spielte schon zum ersten Mal die brave Hausfrau.

Der Schlamm war überall. Hinter dem Fernseher, an der Wand beim Fenster, hinter dem alten, gerahmten Bild, das Thomas von seinem Opa geerbt hatte und das ein Stillleben mit Früchten zeigte. Nicht wirklich wertvoll, aber eben ein Familienerbstück.

Sogar auf dem Fußboden hatte sich jetzt Schlamm ausgebreitet. Wobei sich Silvia immer noch schwer damit tat, dieses grüne Zeug als Schlamm zu bezeichnen. Schlamm war feucht und entstand nicht so schnell. Da tippte sie schon eher auf eine Art Pilz – ein Schimmelpilz vielleicht –, aber auch die wuchsen nicht über Nacht, oder?

Jedenfalls hatte dieses Räuchern gar nichts gebracht. Sobald sie hier fertig war, würde sie bei dieser Eve vorbeischauen und ein paar Takte mit ihr reden.

Sogar auf der Türschwelle zur Küche gab es einen Fleck. War der vorhin schon da gewesen oder war der gerade erst entstanden? Sie wischte ihn weg und machte sich daran, das ganze Haus vom Schlamm zu befreien.

Zwei Stunden später kippte sie das Schmutzwasser weg, wobei sie peinlich genau darauf achtete, dass nichts daneben ging. Sie wollte dieses Zeug nicht wieder verteilen, jetzt, wo sie es endlich beseitigt hatte. Da fiel ihr etwas auf, was sie zuvor noch nie bemerkt hatte. Das Wasser war fast klar!

Natürlich hatte es diesen Gelbton des Haushaltsreinigers mit Zitronengeruch, aber eigentlich hätte es doch jetzt grün sein müssen. So viel grünen Schlamm, wie sie aufgewischt hatte, müsste dieser das Wasser doch grün gefärbt haben. Wie war das möglich?

Sie würde die Klärung dieser Frage auf später verschieben. Jetzt war erst mal ein Besuch bei Magic Prana fällig.

Sie schlüpfte aus ihren Haushaltsklamotten und in die enge dunkle Jeans und ihre rosa Bluse. Im Flur prüfte sie ihren Auftritt im großen Spiegel, zupfte den Kragen zurecht und schnappte sich ihre Autoschlüssel von der Kommode.

160

«Dann wollen wir mal», sagte sie ins leere Haus und machte sich auf den Weg.

Thomas stand auf der Rosenhainstraße und wartete, bis sich der Verkehr endlich weiter bewegte. Nervös schaute er zur Uhr am Armaturenbrett. In fünfzehn Minuten sollte er bei der Holdener AG sein. Das schaffte er nie mehr! Nicht in diesem Stau. So ein Mist! Der Tag fing ja gut an! Schon vor dem ersten Gespräch steckte er im Verkehr fest.

Er rief an und verschob das Treffen um zwei Tage. Das verschaffte ihm eine Stunde Luft bis zum nächsten Gespräch. Das sollte eigentlich reichen.

Im Radio kam die Durchsage, dass ein schwerer Unfall die Autobahn blockierte. Das erklärte, warum hier auf der Rosenhainstraße so ein Verkehr herrschte. Dabei war das sonst immer der schnellere Weg.

Wieder konnte er seinen Audi ein paar Zentimeter weiter rollen lassen.

Er schnappte sich erneut sein Telefon und wählte Dominiks Nummer.

«So ein Mist mit diesem Haus!», blaffte er, kaum hatte dieser den Anruf entgegengenommen.

«Was?»

«Dieser grüne Schlamm!»

«Aha. Ist er noch einmal aufgetaucht?»

«Noch einmal, fragst du? Nein. Nicht einmal. Immer wieder! Und immer mehr!»

«Aber ...» Dominik fehlten offensichtlich die Worte.

«Erzähl mir bloß nichts! Wie konntest du nichts davon wissen? Schaust du die Häuser nicht an, bevor du sie verkaufst?»

«Ich versichere dir», sagte Dominik, «das Haus war absolut in Ordnung, als ich es dir angeboten habe.»

«Und wie erklärst du dann, dass dieses Zeug immer wieder kommt. Heute war das ganze untere Stockwerk voll mit diesem Mist!»

«Echt?»

«Tu doch nicht so erstaunt! Du weißt genau, dass es immer wieder kommt.»

«Wirklich, Thomas!» Dominiks Stimme wurde eindringlich. «Ich habe noch nie jemanden bei einem Hauskauf über den Tisch gezogen. Ich habe noch nie ein Haus verkauft, wenn ich nicht ganz sicher war, dass alles in Ordnung ist. Und damit werde ich bestimmt nicht bei dir anfangen. Wie lange sind wir jetzt schon befreundet? Das sind bestimmt schon fünf Jahre, aber es könnten genauso gut zwanzig sein.»

Das stimmte allerdings. Sie kannten sich noch nicht wirklich lange, aber ihre Freundschaft hatte etwas, was über die normalen Business-Freundschaften hinausging. Thomas hatte kaum Freunde, aber bei Dominik fühlte er sich wohl.

Er löste die Bremse, der Motor sprang automatisch an und der Wagen rollte einen Meter weiter, bevor Thomas wieder auf die Bremse trat.

«Willst du es wieder verkaufen? Ich würde das kostenlos für dich tun», bot Dominik an.

162

«Wir haben uns doch so auf unser eigenes Haus gefreut. Und jetzt, da wir es endlich haben, bringt es uns nur Ärger. Silvia ist zu Hause und putzt dieses grüne Zeug weg.»

«Wie gesagt, ich könnte es ja noch einmal ausschreiben. Sehen, ob jemand anders das Haus kauft. Aber ich müsste natürlich sagen, dass ihr dieses Problem habt. Das könnte den Preis etwas drücken.»

«Das können wir uns nicht leisten. Das weißt du genau. Wir haben unseren letzten Rappen dafür hergegeben.»

Diesmal bewegte sich der Wagen vor ihm gleich ein paar Meter weiter. Ob er bald das Ende des Staus erreichte? Er versuchte etwas auszumachen, konnte aber nur bis zu einem LKW sehen, dessen Plane versprach, er mache alles möglich, wenn's um Transporte gehe.

«Dann sollten wir zusehen, dass wir herausfinden, was das ist, und wo das herkommt», schlug Dominik vor.

«Tu das. Und melde dich, wenn du was findest.»

Er schaltete das Radio ein. Phil Collins sang gerade über einen neuen Tag im Paradies. Das passte ja wie die Faust aufs Auge.

Der kleine Laden wirkte genauso muffig wie am Tag zuvor. Eve hatte zwar versucht, mit Räucherstäbchen eine entspannte Stimmung zu schaffen, doch bei Silvia wirkte das genau gegenteilig. Der Rauch brannte ihr in den Augen und sie stürmte zur Verkaufstheke, wo Eve in den gleichen Kleidern wie gestern saß, was Silvia tatsächlich einen Moment lang aus dem Konzept brachte. Ob die Alte hier übernachtete?

«Guten Morgen! Und? Hat es geklappt mit dem Räuchern?», fragte Eve freundlich.

«Ob es geklappt hat, fragen Sie? Und wie es geklappt hat! Das ganze Haus stank nach Rauch. Aber das war auch schon alles! Heute Morgen war alles voll von diesem grünen Zeug! So viel wie noch nie.»

«Oh», gluckste die alte Frau.

«Was heißt hier Oh? Ich habe Ihnen siebzig Franken bezahlt für dieses Zeug und gebracht hat es rein gar nichts. Und alles, was Ihnen dazu einfällt, ist ein Oh?»

«Nun, ich dachte, es handle sich dabei um einen gewöhnlichen Hausgeist. Der wäre nach dem Räuchern bestimmt verschwunden. Aber ich hatte schon die Befürchtung, dass noch mehr dahinter stecken könnte.»

Silvia schüttelte den Kopf. «Das darf doch nicht wahr sein. Jetzt wollen Sie mir wohl die nächste Räuchermischung verkaufen.»

«Nun», die weißhaarige Frau rückte ihre Brille zurecht, «das wäre schön, wenn es so einfach wäre. Doch ich denke, in diesem Fall ist es wohl etwas komplizierter. Es ist zwar unwahrscheinlich, aber es könnte sein, dass Sie mehr als eine Erscheinung haben.»

Silvia starrte die Alte an. «Was?»

«Sie haben mir doch auch von Geräuschen aus dem Keller erzählt. Sind die denn wieder aufgetaucht? Wenn nun das Räuchern zwar diese Geister im Keller vertrieben hat, aber dieser grüne Schlamm etwas ganz anderes ist?»

164

«Das ist doch Unsinn! Sie wollen sich doch nur herausreden!»

Die Alte zog ein dickes Buch mit ledernem Einband unter dem Ladentisch hervor und begann darin zu blättern. «Keineswegs. Wie gesagt, es ist unwahrscheinlich, aber nicht unmöglich. Lassen Sie mich nachschlagen, ob es einen Hinweis gibt auf seltsame Vorkommnisse dieser Art.»

«Das darf doch nicht wahr sein!» Silvia traute ihren Ohren nicht. Nun wollte diese unverschämte Frau tatsächlich behaupten, sie hätte eine Geistererscheinung im Keller und noch etwas Übernatürliches in den Wänden. Allerdings hatte sie wirklich keine Geräusche mehr aus dem Keller gehört. Eve wirkte jedenfalls so, als wüsste sie, was sie tat. Aber wenn es wirklich solche Geistererscheinungen gegeben hatte, hätte das doch bestimmt schon früher Aufsehen erregt.

«Ich finde nichts, das Ihrem Fall ähnelt, aber das könnte auf eine Art Besessenheit hindeuten. Wissen Sie etwas über die Geschichte dieses Hauses? Gab es da in der Vergangenheit besondere Vorkommnisse? Ungewöhnliche Tode, Gewalttaten, etwas in der Art?»

Das wurde ja immer verrückter. Silvia schüttelte fassungslos den Kopf. «Woher soll ich das wissen? Alles, was ich habe, ist eine Liste der Vorbesitzer. Aber die meisten von denen sind inzwischen gestorben.»

«Hm, das ist schade. Aber Sie sollten trotzdem versuchen, möglichst viel über die Geschichte des Hauses zu erfahren. Vielleicht fragen Sie mal bei der Lokalzeitung, ob sie einen Blick ins Archiv werfen dürfen. Wenn Sie herausbekommen, was da passiert ist, kann ich Ihnen bestimmt helfen.»

Das wurde immer seltsamer, aber Silvia musste doch eingestehen, dass dieser Ansatz nicht schlecht war. Wenn er auch keine Lösung ergab für das Problem mit dem grünen Schlamm, so konnte sie doch vielleicht verdeckte Mängel aufdecken, die den Kaufvertrag ungültig machten, und sie konnten ihr Geld zurückbekommen und noch einmal an einem anderen Ort neu beginnen.

«Okay, das ist tatsächlich einen Versuch wert.» Sie wandte sich zum Gehen.

An der Tür drehte sie sich noch einmal um und ergänzte: «Ach, und danke. Ich melde mich.»

SIEBZEHN

Michael Keller hatte kaum noch Haare auf dem Kopf und trug eine runde Brille. Der große, schlanke Mann stakste vor ihr her in den Archivraum der Zeitung. Es roch nach altem Papier, obwohl es hier kaum noch Papier gab. In der Mitte des Raumes stand ein großer Schreibtisch mit viel Platz, um Notizen auszubreiten, und mitten drauf ein Computer.

«Hier wären wir, das ist unser Archiv. Die ganzen alten Zeitungen wurden vor einigen Jahren digitalisiert und sind nun hier gespeichert», er tätschelte stolz den Bildschirm, als ob es seiner wäre. «Ich zeige Ihnen, wie Sie die Suche bedienen.»

Er rückte einen Stuhl zurecht und bot ihn Silvia an. Dann rief er mit dem Lupensymbol die Suchmaske auf. So weit, so einfach.

«Also, sie suchen etwas über das Haus an der ...»

«Waldstraße 427.»

Er tippte die Adresse ins Suchfeld.

'Es wurden keine Suchergebnisse gefunden', stand nach wenigen Augenblicken auf dem Bildschirm.

«Dann versuchen wir doch mal einen Namen», schlug Michael Keller vor.

Sie holte die Liste der Vorbesitzer aus ihrer Handtasche und reichte sie an den Journalisten weiter.

«Hmm. Interessant, dann wollen wir doch mal unsere Suche etwas ausweiten», murmelte er und öffnete den Web-Browser. Dort loggte er sich in den Server der Kantonspolizei ein und suchte nach dem ersten Namen.

«Wieso haben Sie Zugriff auf diese Daten?», fragte Silvia. «Ist das legal?»

Michael Keller legte einen Finger vor den Mund. «Scht. Ich habe das Passwort mal aufgeschnappt während einer Recherche. Was kann ich dafür, dass sie das nie ändern?»

Silvia wusste nicht so recht, was sie dazu sagen sollte. Ob sie sich strafbar machte, wenn sie hier weiter mit diesem Journalisten in den Polizeiakten stöberte?

«Wollen doch mal sehen, was wir hier haben», murmelte er. So etwas machte ihm offensichtlich Spaß. Eigentlich hätte er ihr nur zeigen sollen, wie das System funktionierte, damit sie selbst recherchieren konnte. Aber Silvia war natürlich froh, dass er jetzt am Computer saß, das hätte sie alleine nie hinbekommen.

«Na, wer sagt's denn! Das fängt doch gut an. Jetzt lassen wir diese Namen zeitgleich noch durch unser Archiv laufen und schauen, was dabei herauskommt.»

Das Ergebnis ließ beiden den Atem stocken.

Zur gleichen Zeit saß Thomas bei der Schreinerei Koster und sprach mit dem Geschäftsführer. Die Übergabe des Geschäfts vom Vater zum Sohn stand kurz bevor und Thomas hatte gerade rechtzeitig angerufen. Der

Sohn, Felix Koster, wollte ohnehin alle Versicherungsverträge überprüfen lassen, das passte perfekt.

Jetzt hatte Thomas sämtliche neuen Verträge dabei und erklärte Vater und Sohn, was änderte, welche Leistungen zusätzlich eingeschlossen und welche nun nicht mehr doppelt versichert waren.

«Und das kostet tatsächlich so viel weniger, ohne dass wir weniger Leistungen erhalten?», fragte Felix Koster.

«Hat uns denn die alte Versicherung über den Tisch gezogen?», wollte nun der Vater wissen.

«Das würde ich so nicht sagen. Aber das passiert oft in meinem Alltag. Meist fehlt den Kunden die Übersicht, was in welchem Versicherungsvertrag gedeckt ist. Und so entstehen Doppel- und Dreifachdeckungen, die dann eben unnötig Geld kosten.»

Danach war der Vertragsabschluss nur noch eine Formsache. Darum liebte Thomas seinen Job. Es war eigentlich einfach.

«Darf ich noch Ihre fachmännische Meinung zu unserem Holzhaus haben?», fragte er, nachdem alles geklärt war.

«Aber natürlich», meinte Robert Koster und war sichtlich stolz darauf, dass er gefragt wurde. «Worum geht's?»

Thomas erzählte von dem Schlamm, der immer wieder aus den Wänden zu quellen schien.

«So etwas habe ich noch nie gehört», meinte Robert Koster. «Und das passiert fast täglich, sagen Sie?»

Thomas nickte.

169

«Faszinierend. Dürfte ich mir das mal ansehen?»

«Ich weiß nicht. Ich möchte das lieber erst mit meiner Frau besprechen, wenn es Ihnen recht ist.»

Nadja knallte den Hörer auf die Gabel. «So ein Arschloch!»

Wie schaffte es Silvia nur, ruhig zu bleiben, wenn sie mit diesem Herberger von der Möbelwerkstätte telefonierte. Dieser arrogante, kleine Wicht ließ sie immer wieder spüren, dass sie eben nur eine Frau war, die in einer richtigen Schreinerei nichts zu suchen hatte, und die natürlich auch keine Ahnung von Holz hatte. Als ob er sie belehren müsste! Dieser Angeber! Was wusste der schon über Innendesign. Sie hatte Design studiert, nicht nur in der Schweiz, sondern auch in Kalifornien.

Jedenfalls gab er ihr die Schuld, dass er mit dem falschen Holz gearbeitet hatte und noch einmal von vorne beginnen musste. Das warf nicht nur die Terminplanung durcheinander, sondern kostete auch deutlich mehr. So ein Mist! Wie sollte sie das dem alten Bockheim erklären?

Sie ertappte sich selbst bei dem Gedanken, es einfach auf die lange Bank zu schieben und Silvia zu überlassen. Aber so unfair war sie eben doch nicht.

Zuerst musste sie aber wohl ihre Chefin informieren.

«Weißt du», sagte diese ruhig, als Nadja in ihrem Büro stand und ihr das gebeichtet hatte, «Bockheim mag manchmal unfreundlich sein, aber im Grunde hat er Verständnis dafür, dass nicht alles rund läuft beim Bauen.»

170

Nadja hatte offenbar einen besonders ungläubigen Blick, denn ihre Chefin erklärte weiter: «Das passt zu seiner Einstellung, dass alle Handwerker pfuschen und ungenau arbeiten.»

Jonas Bockheim war ein Snob, wie er im Buche stand, samt Angeberkarre, Golfausrüstung und Poloshirt.

«Wann wird eigentlich Silvia wieder da sein?», fragte Heidi.

«Vermutlich morgen. Das hängt davon ab, was der heutige Tag bringt. Kennst du die Geschichte mit ihrem Haus?»

«Was ist mir ihrem Haus?»

Nadja erzählte ihr, was sie darüber wusste.

Jetzt war das Interesse des Journalisten definitiv geweckt. Da stand, dass 1943 etwas ganz Übles passiert war. Offenbar hatte eine junge Familie das Haus gekauft, Hildegard und Albert Signer. Ein halbes Jahr später war ihr zwei Jahre alter Sohn beim Spielen am Brunnen ertrunken. Dies hatte die Familie so getroffen, dass sich die beiden im Keller nebeneinander aufgehängt hatten.

«War es das, was sie gesucht haben?», fragte er.

«Ich weiß nicht. Vermutlich ist das nur ein Zufall.»

Wenn dieses Kind immer noch im Haus herumgeisterte? Das konnte sie wirklich nicht mehr ausschließen, obwohl sie eigentlich immer sehr bodenständig gewesen war, schien das wirklich die einzige verbleibende Möglichkeit zu sein. Zu dieser Geschichte würde auch passen, dass das Kind im schlammigen Brunnen ertrunken war. Vielleicht ist dieser Schlamm im Haus eine Manifestation dieses Kindes, ein Brunnengeist. Andererseits hätte doch bestimmt auch sonst jemand diesen Schlamm bemerken müssen seither. Das wäre doch bestimmt nicht unbemerkt geblieben.

«Was ist denn los?», unterbrach der Journalist ihren Gedankengang.

«Ach, nichts.»

«Aha, nichts?»

«Naja, ich meine ...»

«Ja?»

Schließlich erzählte sie ihm, was in ihrem Haus los war. Als sie damit angefangen hatte, ging es plötzlich ganz leicht. Der Journalist lenkte sie mit geschickten Fragen und holte die ganze Geschichte aus ihr heraus.

Erst nachdem sie ihm alles erzählt hatte, wurde ihr klar, wem sie das gesagt hatte. «Bitte, behalten Sie das für sich.»

Er blinzelte sie über seine runde Brille hinweg an. «Natürlich.»

Mit diesem neuen Wissen eilte sie zu Eve in den Esoterik-Laden. Wenn das einen Zusammenhang hatte, müsste diese am ehesten wissen, was zu tun war. Vielleicht spukte ja tatsächlich ein Geist in ihrem Haus, auch wenn Silvia natürlich immer noch nicht richtig daran glauben konnte. Aber wie gesagt: Wenn alle unmöglichen Lösungen ausgeschlossen sind, muss es die mögliche, aber unwahrscheinliche sein.

Im Esoterik-Shop war diesmal sogar richtig Hochbetrieb. Gleich drei Kundinnen stöberten gleichzeitig in dem Laden. Und alle drei sahen sie aus, als ob sie kurz vorher aus einer Zeitmaschine gesprungen wären. Sie trugen weite Leinenröcke und gewebte, unförmige Shirts, die wohl von einem Mittelaltermarkt stammten. Sogar die ledernen Sandalen passten dazu. Silvia war einmal mehr erstaunt, dass es immer noch Menschen gab, die so leben wollten.

Jedenfalls winkte sie über die drei hinweg Eve zu, dann überbrückte sie die Wartezeit damit, dass sie in einem Tarot-Set stöberte und in dem Buch mit den Erklärungen der verschiedenen Karten blätterte.

Sie las gerade über die Acht der Scheiben, als endlich alle anderen Kundinnen verschwunden waren und Eve ihr die ungeteilte Aufmerksamkeit schenken konnte.

Sie erzählt ihr, was sie erfahren hatte.

«Was meinen Sie? Könnte es einen Zusammenhang mit dieser Familie geben?»

Eve runzelte die Stirn. «Das ist ein sehr ernster Vorfall. Der könnte tatsächlich seine Spuren in dem Haus hinterlassen haben.»

«Geister vielleicht? Das würde die unerklärlichen Geräusche in der Nacht erklären.»

Die weißhaarige Frau nickte. Die Brille ließ ihre Augen übergroß wirken, als sie Silvia direkt in die Augen sah. «Bestimmt! Nur müsste die Räuchermischung, die Sie gestern angewendet haben, diesen Geist befreit haben. Es kommt mir fast so vor, als gäbe es noch eine zweite Erscheinung. Eine viel stärkere.»

«Eine zweite?»

«Ja. Einerseits der Geist des verstorbenen Kindes und dann noch etwas anderes in den Wänden.»

«Und was könnte das sein?»

Eve schüttelte den Kopf. «Ich weiß es nicht. Dieser Schlamm scheint etwas zu bedeuten. Es scheint mir fast so, als ob das Haus Ihnen etwas sagen will. Nur was?»

Eve zog ein zerfleddertes Tarot-Set unter ihrer Theke hervor. «Vielleicht geben uns die Karten einen Hinweis.»

Sie legte einige Karten vor sich aus und sogleich breitete sich eine seltsame Stimmung in dem kleinen Laden aus, eine Spannung entstand, die Silvia die Haare zu Berge stehen ließ. So etwas hatte sie noch nie erlebt.

Sie hatte im Büro mit Nadja mal ein Tarot-Spiel gelegt, doch damals hatte sich das ganz anders angefühlt als hier. Natürlich konnte das auch an der besonderen Situation liegen.

Eve hatte inzwischen vier Karten vor sich ausgelegt und drehte sie nacheinander um.

Bei der ersten Karte nickte sie noch einigermaßen zuversichtlich, eine helle, freundliche Karte mit einer Frau mit Speer und Schild, deren Leibesmitte hell leuchtete. Bei der zweiten Karte zog Eve scharf die Luft ein. Darauf waren fünf Schwerter abgebildet, die sich an den Spitzen berührten. Vor allem der auf dem Kopf stehende fünfzackige Stern wirkte bedrohlich auf sie. War das nicht ein Teufelssymbol? Auch bei der nächsten Karte schnappte Eve nach Luft, eine düstere, dunkelviolette Karte mit sieben kreisrunden Symbolen, die von einer Art Federn eingerahmt waren. Die vierte Karte musste etwas

174

mit Feuer zu tun haben, ihre Farbe ging von Glutorange hin zu hellem loderndem Gelb. Und auch darauf waren wieder Schwerter abgebildet. Silvia begann unwillkürlich zu zählen. Zehn Schwerter.

«Und was bedeutet das jetzt?», fragte Silvia.

Das Glöckchen über der Tür bimmelte. Eve hob einen Finger und deutete auf die Kundin, die gerade den Laden betreten hatte. Silvia trat einen Schritt zur Seite und ließ Eve die Frau beraten.

Während sie wartete, bis das schier endlose Gespräch über Engelskarten, Tarot und deren Unterschiede ein Ende fand, stöberte sie in den Büchern im Laden. Insbesondere eines über unerklärliche Phänomene des vergangenen Jahrhunderts hatte es ihr angetan. Darin standen seltsame Geschichten ganz ähnlich wie ihre eigene. Immerhin schien sie mit diesen unheimlichen Vorgängen nicht allein zu sein. Irgendwo auf der Welt hatte bestimmt schon jemand etwas Ähnliches erlebt. Sie beschloss, das Buch zu kaufen und es zu Hause in Ruhe zu lesen. Es war nicht nur interessant, sondern auch spannend geschrieben. Und es würde ihr Impulse geben, wie sie ihrem eigenen Problem weiter auf den Grund gehen könnte.

Endlich hatte Eve die andere Frau bedient und wandte sich wieder Silvia zu. «Zurück zu unseren Tarotkarten.»

Die lagen immer noch in der gleichen Form auf dem Tresen.

Eve deutete auf jede Karte, während sie erklärte: «Die Prinzessin der Scheiben, ein Symbol der Fruchtbarkeit. Das könnte bedeuten, dass Sie bald schwanger werden. Allerdings stehen dem hier die Fünf der Schwerter und die Sieben der Scheiben entgegen. Beide stehen für Fehlschläge, Scheitern und für Erinnerungen an vergangene Schmerzen.»

«Könnte das sein, dass mich das Haus vor einem Fehlschlag warnen möchte? Ich habe mich schon gefragt, ob es vielleicht einen Zusammenhang haben könnte damit … also, immer wenn wir miteinander schlafen … tauchen diese Flecke vermehrt auf.»

Eve blickte ihr tief in die Augen und nickte schließlich. «Es könnte gut sein. Allerdings müsste da im Haus eine Erinnerung an vergangenen Schmerz zu finden sein.»

«Ja, da war eine schreckliche Geschichte mit einer Familie. Da ist ein Kind im Brunnen ertrunken und die Eltern haben sich deswegen umgebracht.»

«Interessant», sagte Eve. «Das könnte in der Tat etwas mit den Geistererscheinungen zu tun haben. Allerdings müsste der Geist dieses Kindes eigentlich mit dem Räuchern verschwunden sein.»

«Ist er aber offensichtlich nicht, sondern es ist noch schlimmer geworden. Und das erklärt immer noch nicht, warum das vorher nie jemandem aufgefallen ist.»

Eve blickte sie über ihre Brille hinweg an. «Sind denn die nächtlichen Geräusche, das Jammern des Kindes seit dem Räuchern noch einmal aufgetaucht?»

Silvia versuchte sich zu erinnern. «Ich habe nicht darauf geachtet. Dieser Schlamm hat meine ganze Aufmerksamkeit in Anspruch genommen. Meine Albträume sind jedenfalls mehr geworden.»

«Das Räuchern müsste in der Tat diesen Geist gebannt haben. Da muss noch etwas anderes sein, etwas Größeres.»

«Was ist denn mit dieser Karte hier? Hilft uns die irgendwie weiter?» Silvia deutete auf die letzte Karte.

Eve zuckte die Schultern. «Die Zehn der Schwerter, der Untergang. Klingt schlimmer, als sie ist. Die deutet darauf hin, dass es schwierig werden könnte in Sachen Finanzen oder Beziehungen.»

«Natürlich, wenn wir das Haus verlieren, sind wir finanziell ruiniert.»

«Aber diese Karte ist deutlich weniger dramatisch als die anderen. Vielleicht will sie uns nur sagen, dass Sie die Ängste überwinden müssen, um eine neue Sichtweise zu gewinnen. Und dann können Sie alles zum Guten wenden.»

Das waren doch einige interessante Informationen. Und wenn sie das richtig verstanden hatte, war sie auf der richtigen Spur. Sie nahm sich vor, diese Sache weiter zu verfolgen, und war fest entschlossen, nicht aufzugeben, bis sie wusste, was es mit diesen Erscheinungen auf sich hatte.

Sie bezahlte das Buch mit den unerklärlichen Phänomenen und verabschiedete sich von Eve mit den Worten: «Ich rufe an, sobald ich mehr herausgefunden habe.»

Während der Heimfahrt rief Thomas noch einmal Dominik an und wollte wissen, ob seine Recherche zur Geschichte des Hauses etwas Neues ergeben hatte.

«Leider nein», antwortete dieser.

«Und du hast wirklich versucht etwas herauszufinden?»

«Natürlich! Was denkst du von mir? Ich halte meine Versprechen.»

«Wie auch immer, ich war heute bei einem Schreiner. Der wird sich das mal ansehen. Und wenn es ein Schaden am Gebäude ist, den man beheben kann, dann werde ich ihm den Auftrag erteilen. Und du wirst dich dann besser an den Kosten beteiligen.»

Er konnte regelrecht hören, wie Dominik leer schluckte am anderen Ende der Leitung.

«Okay?», fragte Thomas nach.

«Ähm, ja, weißt du, ich kann das so jetzt nicht versprechen.»

«Und wie du dich daran beteiligst! Wie du das machst, ist mir egal. Von mir aus frag den Vorbesitzer.»

«Ich denke, das können wir vergessen. Das Gesetz schreibt vor, dass es keine Garantie gibt beim Hauskauf. Gekauft wie gesehen. Das Risiko trägt immer der Käufer.»

Für einen Moment setzte Thomas' Herzschlag aus. Dann schrie er regelrecht: «Hör mir bloß auf mit diesem Gesetzes-Gelaber. Ich weiß selbst, dass es so ist. Aber es gibt da auch noch das Ding mit den absichtlich verschwiegenen Mängeln!»

«Schon gut, beruhige dich», meinte Dominik. «So war das nicht gemeint. Ich werde natürlich sehen, dass wir eine Lösung finden. Wir sind doch Freunde.»

«Freunde, ja? Das werden wir dann sehen.» Er drückte auf die Taste zum Beenden des Gesprächs. Er war jetzt einfach nicht mehr in der Stimmung, über solche Dinge zu reden. Nicht jetzt, nach einem langen Arbeitstag, wenn er eigentlich zufrieden in sein Haus zurückfahren und sich auf einen ruhigen Abend mit seiner Frau freuen sollte.

Warum war das nur alles so aus dem Ruder gelaufen? Was hatte er getan, dass plötzlich alles den Bach runterging? Das Haus verlor schneller an Wert, als er es je für möglich gehalten hatte. Silvia war ebenfalls total durcheinander und das Thema Kinder war so weit entfernt, wie noch nie. Das lag alles nur an diesem verfluchten Haus. Warum hatte er nur darauf bestanden, es zu kaufen?

Mitten in diesen Gedanken leuchteten überall vor ihm Bremslichter auf.

«Auch das noch», zischte er, während er auch auf die Bremse trat. Weiter vorne musste schon wieder ein Unfall geschehen sein, so schnell wie der Verkehr sich staute.

Silvia hätte erwartet, dass Thomas schon zu Hause war, als sie gegen sechs Uhr eintraf. Doch sein Audi stand weder vor der Tür noch in der Garage. Sie konnte es kaum erwarten, ihm zu berichten, was sie herausgefunden hatte. Doch als sie das Wohnzimmer betrat, vergaß sie ihre Euphorie schnell wieder.

Der gesamte Raum war bedeckt mit diesem grünen Schleim. Das Sofa, das sie von ihrer Mutter geschenkt bekommen hatte, der runde Tisch, den Thomas in die Beziehung mitgebracht hatte und den sie längst gerne gegen einen rechteckigen getauscht hätte. Der Fernseher war nur noch als Umriss zu erkennen hinter dem grünen Zeug. Der Teppich, die Stühle, die Wände, sogar die Lampe an der Decke war grün.

«Was soll dieser verdammte Mist?», schrie sie das leere Haus an. War es wirklich leer? Oder beherbergte es immer noch Geister und andere übersinnliche Wesenheiten? «Wer auch immer du bist, verschwinde aus unserem Haus!»

Sie knallte die Wohnzimmertür zu und hörte, wie drinnen etwas zu Boden rieselte. Recht so!

Die Küche war gottlob noch sauber. Sie machte sich auf einen Kontrollrundgang durchs Haus. Ihr Arbeitszimmer war ebenfalls sauber.

Als sie die Treppe hinauf stieg, hatte sie ein mulmiges Gefühl. Was, wenn da oben alles voll war? Wenn es sich von oben her ausgebreitet hatte? Mit jedem Schritt wurde sie langsamer, kniff die Augen zusammen.

«Reiß dich zusammen», sagte sie zu sich selbst.

Im Korridor war noch alles in Ordnung, doch das beruhigte sie nicht wirklich. Zögernd ging sie auf die Tür ihres Schlafzimmers zu, lauschte nach ungewöhnlichen Geräuschen. Wobei natürlich dieser Schlamm kein Geräusch verursachte, sondern Töne eher noch dämpfte.

War da nicht wieder das entfernte Kindergeschrei? Oder existierte das nur in ihrer Einbildung?

Sie musste sich wirklich zusammenreißen. Sie würde noch durchdrehen, bevor sie eine Woche in ihrem Haus gewohnt hatten.

Sie legte die Hand auf die Türklinke, bereit sie herunterzudrücken und die Tür mit einem Schwung aufzustoßen. In Gedanken zählte sie: eins ... zwei ... Sie holte noch einmal tief Luft, dann sagte sie laut «Drei!» und knallte die Tür so schwungvoll auf, dass sie an die Wand krachte.

Und da war ... nichts! Sie sah nur ihr Bett, ihre beiden Nachttische, den Spiegelschrank, ihre Schminkkommode, den kleinen sandfarbenen Läufer vor dem Bett. Nichts, was hier nicht hingehörte.

Sie ließ die Luft, die sie angehalten hatte, mit einem erleichterten Seufzer entweichen. Und dann übermannte sie ein anderes Gefühl. Aus dem Nichts kam diese gewaltige Erschöpfung, diese Niedergeschlagenheit, dass sie laut zu schluchzen begann. Die ganze Anspannung der letzten Tage, der Frust, die Angst vor dem Umzug, die Furcht vor Geistern und diesem anderen unnatürlichen Quatsch. Alles strömte aus ihr hinaus. Sie sank im Türrahmen zusammen, weinend und schluchzend.

So fand Thomas sie, als er nach Hause kam. Als er sie weinen hörte, eilte er sofort die Treppe hinauf, noch in Schuhen und Jackett, setzte sich neben sie und nahm sie in den Arm.

«Was ist denn los?»

«Ich hasse dieses Haus!»

«Mhm.»

«Wirklich! Ich hasse es! Es will uns hinausekeln!»

Er streichelte sanft über ihre Haare, küsste sie auf die Stirn. «Vielleicht sollten wir es wirklich einfach wieder verkaufen.»

Sie sah ihn aus rotgeränderten, verheulten Augen an. «Können wir?»

«Ich weiß nicht. Und eigentlich ist es doch ein schönes Haus.»

Sie schniefte. «Schön? Warst du schon im Wohnzimmer?»

Als er verneinte, stand sie auf. «Dann solltest du es dir ansehen.»

Er hatte erwartet, dass er wieder einen dieser Schlammflecke sehen würde, aber dieser Anblick war dann doch zu viel. Unter diesen Umständen konnten sie es vergessen, das Haus zu verkaufen. Wenn, dann würden sie vielleicht gerade genug dafür bekommen, um die Hypothek zurückzuzahlen. Aber die zweihunderttausend, die sie von ihrem Ersparten gegeben hatten, waren dann verloren. Kein vernünftiger Mensch würde dieses Haus kaufen. Nicht mit diesem ganzen Schlamm hier. Verdammt! Es hatte alles so schön gepasst, und jetzt?

Er hatte sich alles so schön ausgemalt. Ein Häuschen im Grünen mit Platz für einen ganzen Haufen Kinder, abseits von den viel befahrenen Straßen der Stadt mit einer Wiese und dem Wald im Hintergrund, in dem die Kinder herumtollen konnten. Alles wäre perfekt gewesen.

182

Bis auf ... er ließ den Blick noch einmal über das grün überzogene Wohnzimmer gleiten ... das hier.

«Es muss doch etwas geben, was diesem Zeug ein Ende bereitet. Ich habe da heute mit diesem Schreiner gesprochen, der würde sich das gerne mal ansehen. Vielleicht hat er eine Idee.»

Silvia schluchzte schon wieder. «Nur, wenn er sich mit übersinnlichem Holz auskennt.»

«Was?»

Silvia erzählte ihm, was sie herausgefunden hatte über das Haus, dessen Vorgeschichte und die Sache mit den Tarotkarten.

«Aber es gibt doch keine Geister», sagte er sanft, aber bestimmt.

Sie schaute zu ihm auf wie der kleine Hund von Hausers, den er als Junge oft Gassi geführt hatte. «Woher weißt du das?»

Ja, woher wusste er das? Er wusste es halt. Es gab keine Geister! Die gab es nur im Fernsehen und vielleicht noch in Büchern, aber bestimmt nicht in der Wirklichkeit.

Und dann auch noch Geister, die grünen Schlamm im ganzen Haus verteilen. Das war doch Unsinn!

«Aber was soll das denn sonst sein?» Sie grapschte sich eine Handvoll von diesem grünen Zeug und hielt es ihm so dicht unter die Nase, dass er angeekelt zurückwich.

«Das werden wir herausfinden. Und wir werden dem ein Ende machen.»

Wieder dieser Hundeblick. «Versprochen?»

«Versprochen.» Seine Stimme klang nicht so zuversichtlich, wie er es sich gewünscht hätte. Konnten sie diesem seltsamen Phänomen wirklich Herr werden? Oder würden sie überschnappen bei dem Versuch?

Wie auch immer! Sie mussten auf jeden Fall eine Lösung finden, schließlich mussten sie ja irgendwo wohnen. Und wenn nicht hier, wo dann?

ACHTZEHN

Sie säuberten mit vereinten Kräften das Wohnzimmer. Immerhin ging dieser Schlamm leicht ab. Einen Augenblick lang dachte Silvia, dass er sich beinahe wie Staub anfühlte, wenn er nur nicht so grün wäre. Doch sie verwarf den Gedanken schnell wieder, sie wollte sich nicht weiter darauf konzentrieren. Worauf du fokussierst, das wird größer, hatte sie einmal in einem Persönlichkeitstraining gelernt. Also besser nicht zu viel daran denken, sondern einfach alles wegwischen und zum Alltag übergehen.

Nach einer knappen Stunde intensiven Putzens hatten sie ihr Wohnzimmer wieder für sich. Sie setzten sich aufs Sofa und Silvia nahm die Fernbedienung für den Fernseher zur Hand. Wenn sie die Kiste jetzt einschaltete, würde das Bild dann hinter einem Grünfilter verschwunden sein? Sie beschloss, es auf einen Versuch ankommen zu lassen, drückte die Einschalttaste und wartete, bis das Bild erschien. Die Tagesschau flimmerte wie gewohnt über den Bildschirm.

In Afrika war wieder eine Welle von Ebola ausgebrochen, Ärzte aus allen möglichen Ländern behandelten die Kranken in notdürftig aufgebauten Sanitätszelten. Im Süden der USA tobte ein Wirbelsturm und deckte Häuser ab, während in Sri Lanka der Monsunregen ganze Dörfer wegspülte.

«Verglichen damit geht es uns eigentlich noch ganz gut», sagte sie zu ihrem Mann.

«Stimmt. Trotzdem ist es für unsere Verhältnisse eine Katastrophe. Wir haben ein Haus gekauft, das schnell an Wert verliert, weil wir dieses grüne Zeug nicht loswerden. Global gesehen, ist es vielleicht nicht schlimm, aber für uns beide ist es trotzdem gravierend. Wie sollen wir damit klarkommen?»

Silvia schaltete den Fernseher wieder aus und wandte sich ihrem Mann zu. «Wir werden doch einen Weg finden, oder?»

«Wir müssen.»

Sie legte ihren Kopf an seine Schulter. Das hatte ihr früher immer eine große Geborgenheit gegeben. Doch im Moment sprang dieses Gefühl nicht über. Ganz im Gegenteil. Sie fragte sich, ob seine Schulter schon immer so knochig gewesen war.

Sie rückte wieder ein Stück von ihm weg. «Sag mal, bist du eigentlich hungrig?»

Er zuckte die Schultern. «Nicht wirklich. Mir ist der Appetit vergangen.»

«Mir auch. Aber ich muss hier raus, wenn nicht in ein Restaurant, dann vielleicht auf einen Spaziergang in den Wald? Oder wir fahren zum See.»

Thomas nickte und stand auf. «Gute Idee! Lass uns gehen. Etwas Abstand zu diesem Haus wird uns guttun.»

Silvia zögerte noch einen Moment. «Und wenn wir heute Nacht bei Mama übernachten?»

Einen Augenblick lang verdüsterte sich sein Blick, auf seiner Stirn tauchten tiefe Falten auf. Sie konnte regelrecht sehen, wie es dahinter arbeitete, wie seine Ablehnung gegenüber ihrer Mutter mit der unerträglichen Situation in ihrem Haus kämpfte. Schließlich gewann Silvias Wunsch und er stimmte zu.

Als sie ihre Pyjamas und Zahnbürsten einpackten, fühlte es sich für Silvia an wie eine Flucht.

«Warum taucht ihr hier so überraschend auf? Und warum ruft ihr nicht vorher an?», fragte Silvias Mutter. «Ist etwas passiert?»

Sie warf Thomas ihre Giftpfeil-Blicke zu, aber gleichzeitig runzelte sie sorgenvoll die Stirn.

«Habt ihr denn schon gegessen? Ich wollte mir gerade Nudeln kochen.»

«Lass mich dir helfen», sagte Silvia und ohne eine Antwort abzuwarten, deckte sie den Tisch, während ihre Mutter am Herd hantierte.

Gut zehn Minuten später standen die dampfenden Penne auf dem Tisch und ein Glas selbst gemachtes Bärlauch-Pesto daneben.

Während des Essens erzählte Silvia von den Schlammflecken, die anfangs noch klein waren, aber immer größer wurden. Sie erzählte von ihrem Wohnzimmer, wie es heute Abend ausgesehen hatte.

Je länger Silvia erzählte, desto öfter schaute ihre Mutter vorwurfsvoll zu Thomas, bis es schließlich aus ihr heraus brach: «Das ist alles deine Schuld! Hättest du Silvia nicht zu dem Kauf überredet, hättet ihr jetzt nicht diese Probleme.»

Thomas holte Luft, um sich zur Wehr zu setzen, doch Silvia fiel ihm ins Wort. «Aber Mama, es war meine Idee, dieses Haus zu kaufen.»

«Natürlich! Nachdem er es dir gezeigt hat! Nachdem er dir erzählt hat, es wäre ein Schnäppchen!»

Jedes einzelne dieser Ausrufezeichen war deutlich zu hören. Sie spie sie Thomas förmlich ins Gesicht. «Ich bleibe dabei, es ist deine Schuld!»

Angeekelt wischte sich Thomas die Speicheltröpfchen seiner Schwiegermutter aus dem Gesicht.

«Mama! Jetzt hör aber auf!» Silvia war jetzt auch lauter geworden. «Ihr beide! Hört einfach auf, euch immer anzuschreien! Du, Mama, hast noch kein gutes Haar an ihm gelassen, seit ich euch damals einander vorgestellt habe.»

«Gibt es ja auch nicht», zischte ihre Mutter.

«Und du, Thomas! Du könntest dir wirklich etwas mehr Mühe geben. Du musst ja nicht immer gleich Streit suchen!»

«Aber ...», versuchte er etwas zu entgegnen.

«Siehst du. Schon suchst du wieder Streit!»

Thomas sprang aus seinem Stuhl hoch und stapfte hinaus auf den Balkon. «Lasst mich bloß in Ruhe.»

«Warum könnt ihr euch nicht einfach vertragen?» Silvia stellte die leeren Teller ineinander, dass es schepperte. «Ich stehe immer zwischen euch, wenn ihr euch anfetzt.»

188

«Ich gebe mir ja wirklich Mühe, aber du weißt ja, dass ich mit Versicherungsmenschen nicht kann.»

Silvia stellte die Teller geräuschvoll ins Abwaschbecken. «Er ist kein Versicherungsmensch, er ist mein Ehemann!»

«Ja. Ich weiß. Er ist dein Ehemann, aber auch ein Versicherungsmensch. Das macht es ja so schwierig. Und er hat mir mein kleines Mädchen weggenommen.»

«Ach, Mama, ich bin doch kein kleines Mädchen mehr.»

«Du wirst immer mein kleines Mädchen sein, ganz egal, wie erwachsen du bist.» Dann nahm sie Silvia die Gummihandschuhe ab, die sie gerade anziehen wollte. «Und jetzt überlässt du deiner Mutter den Abwasch und gehst hinaus zu deinem Mann.»

Thomas stand auf dem kleinen Balkon, stützte sich aufs Geländer und schien die Sonne zu beobachten, die hinter dem Adlerberg unterging.

Sie schmiegte sich an ihn, legte ihm die Arme um die Schultern. «Es tut mir leid.»

Ein kurzes Nicken war seine einzige Reaktion darauf. Sein Körper fühlte sich steif an, unter Druck wie ein Vulkan kurz vor dem Ausbruch. In seinem Innern schien es zu brodeln. Jetzt konnte jedes Wort eine Eruption auslösen, konnte etwas zerstören, was sie sich jahrelang aufgebaut hatten. Silvia musste ganz behutsam sein.

«Wirklich. Es tut mir leid. Ich wünschte, ich könnte es ungeschehen machen.»

Seine Schultern sanken herab, die Spannung ließ ein wenig nach. Der Anfang war gemacht.

«Weißt du ...», begann er, doch seine Worte erstarben gleich wieder.

Sie wartete. Ruhig und still. Wartete, bis er es formulieren konnte.

Und dann strömten plötzlich Tränen über sein Gesicht, sein Brustkorb pulsierte ruckartig. «Es ist mir im Moment einfach zu viel», schluchzte er. Das Haus, die Hypothek, die Arbeit, dieses elende grüne Zeug und jetzt auch noch deine Mutter.»

Sie streichelte über seine Haare wie sie es auch bei einem Kind machen würde. «Wir sind doch zu zweit, wir schaffen das.»

Er drehte sich zu ihr, vergrub sein Gesicht an ihrer Schulter und schluchzte leise vor sich hin.

Sie gab ihm Zeit, seinen Frust, seine Wut, seine Ratlosigkeit aus sich herausströmen zu lassen.

«Es wird alles gut werden», flüsterte sie, als sie spürte, wie noch mehr Anspannung von ihm abfiel, wie sein Kopf immer schwerer auf ihrer Schulter lag.

«Eigentlich sollte das doch umgekehrt sein. Ich sollte der starke Mann sein, der dir seine Schulter anbietet.»

«Du musst nicht immer stark sein. Du darfst auch mal deine Gefühle zeigen. Das ist der Grund, warum ich dich liebe.»

Dies brachte eine neue Flut von Tränen hervor. Sie wartete, bis auch dieser Schwall abebbte.

«Wollen wir wieder reingehen?», fragte sie schließlich.

190

Er schaute ihr tief in die Augen, dann küsste er sie. «Danke, dass du mich verstehst.» Dann schniefte er die letzten Tränen weg, richtete sich auf, bereit, wieder den starken Mann zu spielen. «Ja, lass uns reingehen. Vielleicht kann ich ja einen Schnaps bekommen, der würde mir jetzt guttun.»

Die Wogen hatten sich tatsächlich geglättet, Thomas und seine Schwiegermutter beschlossen, das Kriegsbeil für den Moment zu begraben. Sie einigten sich auf einen Waffenstillstand, bis die Situation in ihrem Haus sich verbesserte. Die Stimmung war zwar immer noch frostig, aber es gab keine offenen Wortgefechte mehr.

So bald wie möglich zogen sich Silvia und Thomas auf ihr Zimmer zurück und legten sich ins Bett. Endlich wieder einmal richtig durchschlafen. Darauf freuten sie sich beide. Und die Ruhe sollte anhalten bis zum nächsten Morgen.

Beim Frühstück läutete das Telefon und als ihre Mutter den Anruf entgegennahm, verschwand alle Farbe aus ihrem Gesicht. Ihre Augen wurden weit, als sie ungläubig zu Silvia hinüber starrte und ihr schließlich den Hörer entgegenhielt. «Das ist für dich.»

«Für mich? Wer ruft mich hier an?»

Silvia meldete sich und während sie zuhörte, wurde auch sie leichenblass.

Thomas, der immer noch keine Ahnung hatte, was die beiden Frauen so erschreckt hatte, platzte mit der Frage heraus: «Was ist los?»

Statt ihm zu antworten, gab ihm Silvia mit einem Finger vor dem Mund zu verstehen, er solle still sein.

Schließlich drückte sie den roten Knopf am Telefon, ohne dass sie ein Wort gesagt hatte. Sie hatte nur zugehört, und das hatte sie mit solchem Entsetzen erfüllt, dass sie sich nicht in der Lage fühlte, überhaupt noch etwas zu sagen.

«Was ist los?», fragte Thomas noch einmal.

Silvia zog ihr Handy aus der Tasche und suchte die Website ihrer Regionalzeitung. Tatsächlich! Da stand ein Bericht über ihr Haus. «Da war einer vom Regionalfernsehen dran und wollte wissen, was dran ist an dieser Story. Dieser verfluchte Journalist gestern! Er hat tatsächlich über dieses grüne Zeug bei uns zu Hause geschrieben.»

«Was! Aber das hattest du ihm doch verboten!»

«Das war ihm wohl egal. Hier, lies selbst.»

Thomas las den Artikel auf dem kleinen Bildschirm von Silvias Handy. «Aber das stimmt doch gar nicht.»

«Ich weiß das, und du weißt das. Aber dieser Kerl hat einfach erfunden, was er nicht gewusst hat. Hauptsache er hat seine Story!»

«Na, dem werde ich meine Meinung geigen», rief Thomas aus und stapfte davon.

So wütend wie er war, würde er den Mann verprügeln.

«Thomas, warte!», rief sie ihm hinterher, doch er hatte bereits seine Schuhe angezogen. Und jetzt läutete ihr Handy. Nadja war am Apparat. «Warum hast du der Zeitung davon erzählt?»

«Ich war doch dort, um zu recherchieren. Und da habe ich es diesem Journalisten erzählt. Ich hätte nicht gedacht, dass er daraus eine Geschichte zimmert. Ich hab's ihm sogar ausdrücklich verboten.»

«Ja, so ist diese Pressemeute. Tun alles für eine Story.»

«Und das meiste daran ist erst noch erfunden.»

«Nur weiß das keiner außer uns.»

«Ich bin hier bei Mama. Hier hat schon einer vom Fernsehen angerufen.»

«Die sind wie Fliegen, wenn sie einen Misthaufen sehen. Dann schwirren alle drum herum wie die Verrückten.»

«Genau. Wie einen Misthaufen. So empfinde ich unser Haus inzwischen. Es bringt uns nichts als Ärger. Thomas ist gerade wütend abmarschiert und will der Zeitung einen Besuch abstatten. Wenn das nur gut geht.»

«Und du? Was machst du jetzt?»

«Was soll ich schon tun? Ich fahr jetzt wieder nach Hause und schaue mir an, wie viele Schlammflecken es diese Nacht wieder gegeben hat.»

«Mach das. Und ich komme nach der Arbeit vorbei und helfe dir, das durchzustehen.»

«Danke.»

Sobald sie den Anruf beendet hatte, rief sie ein Taxi, das sie nach Hause bringen sollte. Thomas war in seiner Wut mit dem Auto davongebraust, ohne daran zu denken, wie Silvia hier wegkommen sollte.

Mama hatte schon länger kein Auto mehr und mit dem Bus würde sie zwar in die Nähe ihres Hauses kommen, müsste aber die letzten fünfhundert Meter zu Fuß gehen.

«Abgesehen davon, dass es die Journalisten aufgescheucht hat, bist du gestern einen Schritt weiter gekommen mit deiner Recherche?», fragte Mama.

Silvia erzählte ihr, was sie herausgefunden hatte, von den Todesfällen im Haus, von dem Tarot bei Eve und deren Vermutung, dass es sich hier um ein übernatürliches Phänomen handeln könnte, das über eine Geistererscheinung hinausgeht.

«Ich werde mich mal umhören. Du kennst doch Rosmarie. Die hatte schon immer einen besonderen Bezug zu solch unerklärlichen Dingen. Ich werde sie mal fragen, ob sie eine Idee hat.»

«Im Moment bin ich für jede Idee dankbar. Das macht mich noch wahnsinnig.»

Sie blickte auf die Uhr. Wo nur dieses Taxi blieb. Jetzt wartete sie schon zehn Minuten.

Mamas Telefon läutete schon wieder. Die beiden Frauen zuckten zusammen.

«Ob das wieder einer von der Presse ist?», fragte Silvia.

Ihre Mutter klickte den Anruf weg. «Egal. Ich bin jetzt nicht in der Stimmung zum Telefonieren.»

Endlich kam das Taxi. Silvia verabschiedete sich und versprach anzurufen, wenn sie Hilfe brauchte. Dabei musste beiden klar sein, dass sie niemals um Hilfe bitten würde. Das war einfach nicht ihre Art.

Als das Taxi auf ihr Haus zufuhr, war sie auf das Schlimmste vorbereitet. Doch ihre Sorge entpuppte sich als unberechtigt. Das Haus stand da, wie sie es verlassen hatten. Klein und lauschig. Gemütlich eigentlich, wenn da nicht ... Sie zwang sich, diesen Gedanken nicht zu Ende zu denken. Die Fenster glitzerten in der Morgensonne, kontrastierten schön mit dem dunklen Holz. Eigentlich ein Traumhaus.

Sie bezahlte den Fahrer und ging hinein. Während sie den Schlüssel drehte, dachte sie daran, dass im Haus alles in Ordnung war, dass alles sauber und frisch roch. Und tatsächlich, als sie die Tür öffnete, stieg ihr der zitronige Geruch des Reinigungsmittels in die Nase.

Ihre gestrige Putzaktion war offenbar erfolgreich gewesen. Vielleicht hatten sie diesen grünen Schlamm tatsächlich besiegt? Sie sollte nachsehen, ob wirklich alles sauber war.

Die Hupe eines Autos riss sie aus diesen Gedanken. Als sie sich umdrehte, erkannte sie einen Übertragungswagen des Regionalfernsehens die schmale Zufahrt entlang holpern.

Verdammt! Was wollten die hier! Sie warf die Tür ins Schloss und verriegelte sie, noch bevor der Wagen auf ihren Vorplatz gefahren war. Diesen Fernsehleuten würde sie die Tür bestimmt nicht öffnen.

Es dauerte nur kurz, bis es läutete und als sie darauf nicht reagierte, begannen die Fernsehleute an die Tür zu klopfen. Unverschämte Bande!

«Verschwinden Sie! Es gibt hier nichts zu sehen», rief sie durch die geschlossene Tür.

Durch den Türspion beobachtete sie, wie die beiden wirklich verschwanden. Vorerst. Silvia ging in die Küche, weil sie von dort die bessere Sicht auf den Vorplatz hatte. Und da erkannte sie, was sie durch den Türspion nicht bemerkt hatte: Die Reporter waren nicht auf dem Weg zu ihrem Wagen, sondern in ihren Garten. Diese unverschämten Menschen hatten wirklich vor, um ihr Haus herum zu gehen.

Sie riss das Fenster auf und schrie hinaus, sie sollen verschwinden.

Sofort richtete sich die Kamera auf sie und das machte sie noch wütender.

«Verschwinden Sie von meinem Grundstück! Was fällt Ihnen ein, hier so einfach einzudringen!»

Der Reporter ignorierte sie und wies seinen Kameramann an, er solle die Westfassade des Hauses filmen.

Daran, dass dessen Kinnlade herunterklappte, erkannte Silvia, dass dort etwas ganz Außergewöhnliches sein musste. Ihr schwante Böses.

Sie musste diese Leute von ihrem Haus wegbekommen. Schnell rannte sie zur Tür und stieß sich dabei heftig das Schienbein an einem Stuhl. Sie biss die Zähne zusammen, krümmte sich einen Moment lang vor Schmerz und humpelte dann so schnell es ging weiter.

Fast hätte sie sich auch noch einen Fingernagel abgerissen beim Aufschließen der Haustür. Das machte sie noch wütender. Sie riss die Türe auf, dass sie gegen die Wand krachte und rannte um die Ecke, stürmte auf die beiden Männer los, die dort gebannt die Westfassade ihres Hauses filmten.

«Verschwinden Sie endlich von meinem Grundstück!»

Doch als sie sie erreicht hatte und einen Blick auf die Westwand ihres Hauses erhaschte, blieb auch Silvia wie angewurzelt stehen. Die ganze Fassade war grün. Alles war voller Schlamm. Und diese Fernsehleute hatten das gefilmt.

«Los! Machen sie, dass sie von meinem Grundstück runterkommen, sonst rufe ich die Polizei.»

Sie stieß den Kameramann grob von ihrem Haus weg, sodass ihm seine Kamera an die Stirn knallte. Es klang hohl und er hielt sich mit der freien Hand den Kopf.

Das brachte die beiden immerhin in Bewegung. Mit Faustschlägen und Schubsern trieb Silvia die Männer vor sich her, die fluchtartig und mit eingezogenem Kopf, um Silvias Schlägen möglichst wenig Angriffsfläche zu bieten, zu ihrem Wagen rannten, schnell hineinsprangen und in einer Staubwolke davonbrausten.

Das wäre geschafft, doch die Filmaufnahmen waren natürlich trotzdem gemacht. Und von der Hauptstraße her rollte bereits das nächste Auto heran.

Sie stürmte ins Haus und verriegelte die Türe hinter sich. Dieses Reporterpack soll verdammt nochmal draußen bleiben! Wütend und vollkommen außer sich stürzte sie in die Küche. Dort musste ihre Handtasche mit dem Handy liegen.

Sie hatte es noch nicht ganz herausgezogen, als es bereits an der Türe läutete. Diese verdammten Reporter!

Sie wählte Thomas' Nummer und trat von einem Fuß auf den anderen, während sie wartete.

Nach einer gefühlten Ewigkeit nahm ihr Mann das Gespräch an, doch noch bevor er einen vollständigen Satz sagen konnte, schrie sie in den Apparat: «Komm sofort her!»

«Was ist denn los?», fragte er. «Und wo bist du überhaupt?»

«Im Haus! Komm sofort her!» Wieder läutete einer der Reporter an der Haustür. «Ich werde hier noch verrückt! Die schwirren ums Haus wie Fliegen.»

Sie unterbrach das Gespräch und knallte ihr Handy vor sich auf die Arbeitsplatte. «Lasst mich in Ruhe!», schrie sie Richtung Haustür und drückte die Fäuste auf die Ohren, um nichts mehr hören zu müssen.

Was war nur passiert? Vor ein paar Tagen noch war alles in Ordnung gewesen. Alles lief bestens, sie hatten ihr gemütliches Leben gelebt. Und jetzt war das Ganze nur noch ein Scherbenhaufen. Sie hatten in den letzten zwei Tagen mehr gestritten als in den letzten zwei Jahren. Das Haus entpuppte sich mehr und mehr als unbewohnbar und jetzt stand auch noch eine Meute wild gewordener Reporter vor der Tür und wollte ihr Elend der ganzen Welt zeigen. Wie hatte das nur so schnell passieren können?

Der grüne Schlamm auf der Außenseite war nicht mehr einfach so mit dem Lappen wegzuwischen. Da brauchte es schon mehr. Und das Haus zu verkaufen, kam jetzt gar nicht mehr in Frage. Jetzt, wo es vermutlich auf allen Fernsehkanälen gezeigt wurde, würde kein vernünftiger Mensch noch Geld für dieses Haus bezahlen.

Sie hämmerte mit den Fäusten auf die Tischplatte und schrie ihren Frust hinaus. Und Thomas brauchte ewig, bis er endlich kam.

Sie musste irgendwas unternehmen. Sie würde wahnsinnig werden, wenn sie einfach nur hier saß und nichts tat. *Man findet für alles eine Lösung, wenn man nur bereit ist, etwas zu tun*, hatte ihre Mama immer gesagt. Aber was sollte sie tun? Was *konnte* sie tun?

Noch bevor sie ins Handeln kam, läutete bereits wieder ihr Handy.

Vom Display grinste ihr Nadja entgegen. Schnell nahm sie das Gespräch an. «Du kommst genau zur rechten Zeit.»

Danach erzählte sie Nadja alles über das Haus, ihre unangenehme Entdeckung an der Westfassade und über die Pressemeute vor der Tür. Gerade läutete es wieder.

«Kannst du die nicht von der Polizei wegschicken lassen?», empfahl Nadja. «Die stehen schließlich auf eurem Grund und Boden und begehen Hausfriedensbruch.»

Ja, das könnte funktionieren. Zumindest würde es ihr etwas Zeit verschaffen.

«Soll ich kommen und dir helfen?», fragte Nadja.

«Lass nur. Thomas ist schon auf dem Weg und gemeinsam werden wir das irgendwie in den Griff bekommen.»

Vor dem Haus waren Hupen und lautstarke Auseinandersetzungen zu hören.

«Warte, ich glaube, da tut sich was», sagte sie zu ihrer Kollegin und ging in die Küche, um durch das Fenster zu beobachten, was draußen vor sich ging.

In einem Pulk von Übertragungswagen und anderen Pressefahrzeugen stand mittendrin Thomas' weißer Audi. Er war ausgestiegen und fuchtelte und gestikulierte.

«Ein Glück, Thomas ist da», sagte sie ins Telefon, dann verabschiedete sie sich und steckte das Handy in ihre Hosentasche. Sie wollte Thomas die Tür aufhalten und dann gleich hinter ihm wieder ins Schloss werfen.

Inzwischen konnte sie ihn schon gut hören, wie er fluchend näher kam. Das würde noch ein Nachspiel haben für diese Medienmeute. Wenn Thomas so drauf war, schreckte er auch vor einem Rechtsstreit nicht zurück.

Als sie meinte, Thomas sei jetzt nah genug, schloss sie schnell auf und öffnete die Tür einen Spaltbreit. Sofort kam noch mehr Betriebsamkeit in die wartenden Reporter. Manche rannten sofort los, andere schossen ihre Fragen aus Distanz auf sie ab.

«Schnell, komm rein», zischte sie Thomas zu. Dann warf sie die Tür ins Schloss und drehte den Schlüssel. Gerade noch rechtzeitig, bevor die ersten Reporter an die Tür krachten.

«Was zum Teufel ist da draußen los?», wollte Thomas wissen.

«Diese verflixten Reporter! Jetzt haben sie auch noch einen Film davon! Und draußen ist die ganze Wand von Schlamm überzogen! Ich halte das nicht mehr aus!»

Thomas nahm sie in den Arm und flüsterte ihr ins Ohr: «Wir werden das durchstehen. Gemeinsam schaffen wir das.»

Sie schniefte. «Meinst du?»

«Ja. Wir haben bisher alles geschafft, wenn wir zusammengehalten haben. Das schaffen wir auch diesmal. Natürlich war es noch nie so krass, doch gemeinsam sind wir unbesiegbar.»

Sie schniefte wieder, aber seine Worte gaben ihr neuen Mut. Dieses Schniefen war eher ein Art Ärmel hochkrempeln.

«Recht hast du», bestätigte sie. «Dann lass uns das angehen.»

Ihr Körper spannte sich, sie richtete sich auf und löste sich aus seiner Umarmung.

«Zuerst müssen wir uns darüber Gedanken machen, wie wir diese Pressemeute loswerden. Ich denke, ich rufe die Polizei. Sollen die sich darum kümmern. Immerhin befinden sich diese ganzen Leute unbefugt auf unserem Grundstück, begehen also eine Straftat. Wo habe ich mein Handy gelassen?»

Als Thomas die Küche betrat, um für Silvia und sich selbst ein Glas Wasser zu holen, entdeckte er wieder einen dieser grünen Flecke direkt über der Spüle. Es wäre sehr unklug, Silvia dies sehen zu lassen. Ihr Mut war zwar gerade wieder zurückgekehrt, doch er wollte nicht riskieren, dass sie dadurch wieder aus der Bahn geworfen wurde. Es war gut möglich, dass ihr Tatendrang nur gespielt war und jederzeit in eine Depression umschlug, wenn sie mit diesem Problem so direkt konfrontiert wurde.

Silvia hatte inzwischen die Polizei angerufen, die Situation geschildert und sich dann im Arbeitszimmer an ihren Laptop gesetzt. «Ich muss jetzt herauskriegen, was es mit diesem Haus auf sich hat.»

Gerade als sie die ersten Suchbegriffe eingab, läutete ihr Handy. Eve war am Apparat.

«Eve! Haben Sie etwas gefunden?»

«Ja. Es könnte sein. Ich habe einen Abwehrzauber gegen diese Erscheinung gefunden. Doch wir müssen zuerst herausbekommen, woher sie kommt. Wir müssen die genaue Ursache kennen und die Namen der Verursacher. Erst dann können wir den Zauber einsetzen.»

Silvia schnaufte. «Daran arbeite ich gerade. Können Sie herkommen? Bis dahin habe ich vermutlich alle Informationen beschafft, die wir brauchen.»

«Geben Sie mir eine Stunde, ich werde alles Nötige besorgen und zu ihnen rauskommen.»

«Eine Stunde?», fragte Silvia ungeduldig. «Schneller geht wohl nicht?»

«Nun, ich muss noch ein paar alte Bücher wälzen, Geschichten nachlesen, Zutaten besorgen ... ich hoffe, eine Stunde reicht.»

«Okay, beeilen Sie sich bitte.» Ohne eine Antwort abzuwarten, klickte sie den Anruf weg und kümmerte sich wieder um ihre Recherche. «Ich kriege das raus», ermutigte sie sich selbst.

Thomas brachte ihr ein Glas Wasser, stellte es ganz leise und ohne etwas zu sagen neben ihren Laptop und ging wortlos wieder zurück zur Tür. Wenn sie so konzentriert auf den Bildschirm starrte, konnte jede Ablenkung sie explodieren lassen.

Trotzdem kam er nicht umhin, sie aus der Ferne zu bewundern. Sie war so eine Kämpferin! Für sie war Aufgeben ein Fremdwort.

Und er? Was konnte er dazu beitragen? Gut, er konnte ihr den Rücken freihalten, konnte ihr Wasser bringen, konnte auch dafür sorgen, dass sie in Ruhe arbeiten konnte. Er könnte sich natürlich um die Reporter kümmern, aber dafür hatten sie ja die Polizei geholt. Die konnten das besser als er. Er könnte auch diese Flecke wegwischen, damit Silvia nicht von ihrer Recherche abgelenkt wurde. Aber sonst? Gerade noch hatte er sie wieder aufbauen müssen und schon brauchte sie ihn nicht mehr, nahm ihn kaum noch wahr.

Eigentlich müsste das doch umgekehrt sein. Er war doch der Mann im Haus. Sie war die Frau, die den Mann unterstützte, die das Haus hütete, während er Geld verdiente und seine Familie beschützte. Doch jetzt gerade fühlte er sich so hilflos. Sie war in ihre Recherche versunken und würde nicht einmal bemerken, wenn er einfach hinauf in sein Arbeitszimmer ging.

NEUNZEHN

Sie saß vor dem Laptop, die Liste, die sie mit dem Journalisten erarbeitet hatte, lag neben der Tastatur. Noch einmal ging sie jeden einzelnen Namen durch, prüfte auch immer die News-Seiten und konnte ihre Liste jetzt um weitere Daten und Fakten ergänzen.

Thomas Hausamann, dem das Haus von 1975 bis 1977 gehört hatte, war bei einem Arbeitsunfall gestorben. Der Maler war von einem Baugerüst gestürzt.

Eine Karin Huber war 1954 hier im Haus die Treppe hinab gestürzt und hatte sich das Genick gebrochen.

Robert Forrer und seine Frau Gisela starben bei einem Autounfall 1949, kurz nachdem sie ins Haus eingezogen waren.

Fast alle waren eines unnatürlichen Todes gestorben. Das wäre immerhin ein Grund für diese Geistererscheinungen. Das erklärte aber immer noch nicht, warum es noch nie einen Bericht über seltsame Erscheinungen wie diesen Schlamm gegeben hatte. Selbst ihr hatte dieser Typ bei der Zeitung eine Story entlockt, auch wenn er sie mit frei erfundenen Details ergänzt hatte. Das musste doch früher schon jemandem gelungen sein.

Wieder und wieder las sie die Namen auf ihrer Liste durch, verglich sie, überprüfte die Jahreszahlen. Fehlte jemand? Hatte sie wirklich alle Besitzer lückenlos rekonstruiert? Und was verband diese Menschen, außer dass sie alle kurz in diesem Haus gewohnt hatten? Oder was unterschied sie? Sie musste ausschließen, was unmöglich war, damit am Ende nur noch eine unwahrscheinliche, aber nicht unmögliche Geschichte übrig blieb.

Wieder fiel ihr auf, in wie ungewöhnlich kurzen Abständen das Haus jeweils den Besitzer gewechselt hatte. Einzig der letzte Besitzer, Roger Streuli, hatte hier volle zwanzig Jahre lang gewohnt. Sie kreiste seinen Namen ein. Was war anders bei ihm? Warum hatte das Haus immer nach wenigen Jahren den Besitzer gewechselt, außer bei ihm?

Eine Internetrecherche über ihn brachte auch eine Todesanzeige hervor – offenbar ein natürlicher Tod – und darüber hinaus einen Bericht vom Schützenfest 1998, an dem er einen Preis gewonnen hatte.

Frustriert stand sie auf und ging im Raum hin und her wie ein Tiger im Käfig. Sie hatte noch keine Verbindung gefunden zwischen allen diesen Besitzern. Aber es musste etwas geben?

«Was stimmt nicht mit diesem Haus?», murmelte sie. «Was übersehe ich?»

Sie setzte sich wieder an den Tisch und öffnete erneut die Suchmaschine. Wo ist der Zusammenhang?

Das Läuten an der Haustür riss sie aus ihren Gedanken.

«Thomas, kannst du hingehen?», rief sie ins Haus und als sie keine Antwort bekam, ging sie selbst.

«Frau Tanner?» Vor der Tür stand ein Polizist und hinter ihm versuchte ein weiterer Polizist die Journalisten höflich, aber bestimmt von ihrem Grundstück zu vertreiben.

«Ja. Danke, dass sie gekommen sind.»

«Das sieht ja hier wirklich aus wie auf dem Jahrmarkt. Tut uns leid. Wir werden diese Leute darauf aufmerksam machen, dass sie einen Hausfriedensbruch begehen. Wollen Sie Anzeige erstatten?»

«Muss ich das? Das gibt doch bestimmt eine Menge Schreibkram, oder?»

«Nun, sie können auch darauf verzichten. Allerdings sind uns ohne Anzeige die Hände gebunden, was Bussen oder Strafen betrifft.»

Silvia beobachtete, wie einer der Reporter auf einem Motorroller davonbrauste und ein anderer seine Kamera in einen Übertragungswagen brachte. «Ach, lassen Sie nur. Es sieht so aus, als hätten sie, was sie wollen und wären auf dem Weg in ihre Büros oder wohin auch immer Reporter verschwinden, wenn sie einfache Bürger belästigt haben.»

«Wie sie wünschen. Können wir Ihnen sonst irgendwie behilflich sein?»

«Nein. Ich danke Ihnen, dass Sie hergekommen sind.»

Der Polizist verabschiedete sich und half seinem Kollegen, die verbliebenen Reporter mit Nachdruck vom Gelände zu weisen.

Silvia blieb noch einen Moment in der offenen Haustür stehen und beobachtete das Treiben. Das hätte sie vielleicht besser nicht getan, denn einer der Reporter nutzte diese Gelegenheit und knipste noch schnell ein Foto, bevor er auf einem Motorroller davon brauste.

Sie schloss die Tür und rief nach ihrem Mann. «Thomas! Was machst du?», rief sie die Treppe hinauf.

«Ich bin hier oben», kam es zur Antwort.

Zwar eine Antwort auf eine andere Frage, aber immerhin ein Lebenszeichen. Er sass wohl in seinem Arbeitszimmer und wühlte in irgendwelchen Akten. Das war seine übliche Methode, mit Schwierigkeiten umzugehen. In Arbeit vergraben und darauf warten, dass die Probleme sich von selbst lösen.

Kopfschüttelnd ging sie wieder zurück an ihren Laptop, neben dem die Liste lag.

Oben hörte sie Thomas an seinen Schubladen hantieren. Er schien wirklich an der Arbeit zu sein. Gut für ihn.

Gerade als sie sich wieder in die Recherche vertiefen wollte, läutete es erneut. Das musste Eve sein. Silvia eilte zur Tür, und als sie öffnete, stand nicht Eve da, sondern Kathrin! «Was tust du denn hier! Komm rein!»

«Herrje, ich hab dich im Fernsehen gesehen», erzählte Kathrin. «Und ich dachte, du könntest hier etwas Hilfe gebrauchen.»

«Und wie! Thomas ist oben, vermutlich einem Nervenzusammenbruch nahe und ich versuche diese neugierigen Säcke davon abzuhalten, unser Haus einzureißen.»

Kathrin nahm sie in den Arm, was Silvias harte Schale sofort aufbrach. Wie ein Sturzbach ergoss sich ein

Tränenschwall auf Kathrins Schulter. «Oh Gott, das ist so schlimm», schluchzte sie.

Kathrin streichelte ihr sanft über den Kopf. «Das wird schon wieder. Ich bin ja da, um dir zu helfen. Komm, setzen wir uns.»

Sie führte Silvia behutsam in die Küche. «Lass mich dir einen Tee brauen, dann wird es dir schon bald besser gehen.»

«Wieso passiert das ausgerechnet uns?», fragte Silvia leise.

«Das hat doch nichts mit euch zu tun», antwortete Kathrin, obwohl Silvia diese Frage eher sich selbst gestellt hatte. «Das ist nur dieses Haus.»

«Vielleicht, aber das hilft uns auch nicht. Eve aus dem Esoterikladen meint, es wären Geister, aber unser Versuch, diese zu vertreiben, war nicht wirklich erfolgreich. Wo steckt die überhaupt? Die sollte längst hier sein. Und ich sollte endlich herausfinden, woher diese Erscheinungen kommen könnten. Hilfst du mir dabei?»

«Klar! Jetzt wo du es sagst, ich meine, ich hätte einmal in einem Buch eine ganz ähnliche Geschichte gelesen.»

Sie rief in der Buchhandlung an und bat, in der Regionalabteilung nach dem Buch über Geister, Mythen und andere seltsame Geschichten aus der Ostschweiz zu suchen. Doch offenbar war es inzwischen verkauft und nicht mehr ersetzt worden.

Aber vielleicht gab es ja ein Exemplar in der Online-Bibliothek? Sie holte ihren E-Reader aus der Handtasche und suchte das E-Book. Tatsächlich fand sie es. Sie lieh

208

es sich aus und lud es herunter. Schon toll, was mit der heutigen Technik alles möglich war. Sie brauchte nicht einmal mehr das Haus zu verlassen, um sich ein Buch aus der Bibliothek zu holen.

Schnell blätterte sie zum Inhaltsverzeichnis.

Während die beiden Frauen unten im E-Book stöberten, saß Thomas in seinem Arbeitszimmer und starrte auf die Ordner, die auf dem Schreibtisch ausgebreitet waren. Normalerweise hätte er sich mit der Arbeit abgelenkt, hätte die psychische Belastung in produktive Energie umgewandelt. Doch diesmal funktionierte das nicht. Er saß nur da, starrte vor sich hin und war nicht in der Lage, sich zu bewegen. Die einzige Bewegung, die er bis jetzt geschafft hatte, war jene des rechten Arms, den er brauchte, um die Schublade aufzuziehen, in der die Pistole lag, die er schon vor Jahren von seinem Vater geschenkt bekommen hatte.

Er legte die Pistole, eine kleine Glock, vor sich auf den Tisch. Daneben stellte er die Patronen in einer Reihe auf, sodass sie aussahen wie kleine Soldaten, die auf ihren Einsatz warteten. Das Magazin lag daneben, bereit die tödlichen Geschosse aufzunehmen, bis sie auf ihre rasante Reise gingen.

Es roch schwach nach Waffenöl. Die Glock war gut in Schuss, wenn man bedachte, dass sie die ganze Zeit nur in der Schublade lag. Silvia wusste natürlich nichts davon. Das war das Schwierigste gewesen beim Umzug. Wenn Silvia gewusst hätte, dass er eine Pistole besaß, hätte sie darauf bestanden, dass er sie weggab. Und das wollte er keinesfalls.

Thomas betrachtete die Patronen. Eigentlich unglaublich, was diese kleinen Dinger anrichten konnten. Er hatte sie hier aufbewahrt, um sich vor Einbrechern zu schützen. Wer weiß, was hier draußen alles passieren konnte, ganz allein an einem Ort, wo sich Füchse und Hasen abends eine gute Nacht wünschten.

Aber gegen das, was gerade ablief, war mit Pistolen nichts auszurichten. Der grüne Schlamm, der das ganze Haus immer mehr überwucherte, es förmlich in Besitz nahm, konnte mit Kugeln nicht aufgehalten werden. Natürlich könnte er damit die Journalisten vertreiben. Einige gezielte Schüsse würden schon dafür sorgen, dass sie verschwanden.

Mit zitternden Fingern drückt er die kleinen Patronen in das Magazin. Sie fühlten sich kalt an, jede ein kleiner, eiskalter Killer. Ob man es spürte, wie die Kugel in den Körper eindrang? Er hatte mal gelesen, dass man den Knall nicht mehr hört, wenn man erschossen wird. Ob das auch bei ganz kurzer Distanz stimmte?

Was war nur geschehen? Nur ein paar Tage hatte es gebraucht, um sein ganzes Leben zu ruinieren. Dabei hatten sie nur ein Haus gekauft. Ein ganz normaler Vorgang. Man musste nicht einmal das Geld dafür haben. Alles ging ganz einfach, nur mit einer Unterschrift. Nur eine Unterschrift, um einen Schuldenberg anzuhäufen für ein Haus, das plötzlich unverkäuflich war, von Geistern besessen und von grünem Schlamm überwuchert.

210

Dabei hatte er alles so schön geplant. Das gemeinsame Häuschen im Grünen, ein paar Kinder, ein gutes Einkommen als selbstständiger Versicherungsbroker. Und was war dabei herausgekommen? Das Geschäft lief schlecht, er arbeitete unkonzentriert und Silvia dachte gar nicht daran, Kinder zu bekommen, sondern wollte selbst nur arbeiten. Das Häuschen im Grünen hatten sie zwar, doch das Grün hatte sich zur Katastrophe entwickelt. Und als Krönung des Ganzen standen auch noch Reporter ums Haus herum und filmten, wie sein ganzes Leben den Bach runterging.

Nicht einmal Silvia konnte ihm helfen. Sie hatte mit ihren eigenen Problemen zu kämpfen. Sie kümmerte sich lieber um ihre Freundinnen als um ihn. Ob sie überhaupt noch wusste, dass er hier oben war?

«So ein Mist», knurrte Kathrin. Sie hatte die Geschichte zwar gefunden, es ging darin tatsächlich um ein Haus, das immer wieder von grünem Schlamm überzogen wurde. Die Geschichte passte haargenau zu diesem Haus hier, doch Ort und Personen in der Geschichte waren offenbar mit falschen Namen ausgestattet worden, um die Persönlichkeit der damaligen Bewohner zu schützen. Oder auch nur, um dem Autor eine Klage zu ersparen. Und das Schlimmste war, dass die Geschichte auch keine Auskunft darüber gab, ob dieser Schlamm jemals wieder verschwunden war. In der Geschichte war das Paar einfach weggezogen und damit hörte die Berichterstattung auf.

«Vielleicht ist es genau das?», meinte Silvia. «Vielleicht will dieses Haus einfach, dass wir wieder von hier wegziehen? Vielleicht ist es einfach nicht gern bewohnt?»

Kathrin sah ihre Freundin mit großen Augen an: «Habe ich mich jetzt verhört? Du glaubst, dass dieses Haus eine eigene Meinung hat und euch das Leben hier zur Hölle macht, damit ihr wieder auszieht?»

Silvia blickte sie fragend an. «Was sollte es sonst sein? Die Geister, die im Keller gehaust haben, sind verschwunden, da hat dieses Räuchern offenbar geholfen. Aber dieser Schlamm ist eher noch schlimmer geworden seither. Vielleicht sogar, weil jetzt die Geister weg sind und das Haus dafür sorgen will, dass es wieder für sich allein sein kann.»

Kathrin schüttelte den Kopf. «Weißt du, wie sich das anhört?»

«Ja. Total verrückt. Aber was soll es sonst sein?»

«Ja. Was sonst?»

Silvia sah auf die Uhr. «Wo bleibt diese Eve? Die sollte doch längst hier sein.» Sie drückte die Wahlwiederholung an ihrem Handy. Es läutete endlos. Schließlich gab sie auf und legte das Telefon wieder weg. «Ich fühle mich so machtlos. Ich muss irgendwas tun. Lass uns wenigstens diesen Schlamm hier drinnen wegwischen, wenn wir schon nichts anderes tun können.»

Silvia holte aus der Küche einen Eimer mit klarem Wasser und zwei Putzlappen. Unter dem Fensterbrett hatte sich bereits wieder ein Fleck ausgebreitet und sie war sicher, dass es im ganzen Haus noch mehr davon gab.

Gemeinsam machten sie sich daran, die grünen Flecke abzuwaschen.

«Das geht total leicht weg», sagte Kathrin, nachdem sie ihre ersten Erfahrungen damit gemacht hatte.

«Ja, wenn es nur nicht immer wiederkäme.»

Kathrin glaubte nicht, dass dieses Problem mit Putzlappen zu lösen war, doch aufgeben war auch für sie keine Option. Was konnte das nur sein? Wie war das noch in dem Film, den sie neulich im Fernsehen gesehen hatte? Da hatten Geister einen grünen Schleim herumgespritzt. Aber der ging viel schlechter ab als dieser hier. Aber der übernatürliche Ursprung schien bei beiden gleich zu sein. Ektoplasma vielleicht? Vielleicht sollten sie wirklich Geisterjäger suchen, die sich um dieses Problem kümmerten? Aber die gab es doch nur in Filmen und in Büchern.

«Was ist das für ein Tumult da draußen?», fragte Silvia, die am Fenster stand und beobachtete, wie die Polizei versuchte, die Reporterschar, die nun doch wieder größer geworden war, vom Haus fernzuhalten.

Kathrin ging zu ihr hin und schaute ebenfalls auf das Treiben. Die Zeitungsleute waren schäbiger gekleidet als die Fernsehleute, aber dafür hatten sie mehr Mumm, wenn es darum ging, zum Haus zu gelangen und vielleicht ein Foto oder ein Interview zu ergattern. Die Fernsehleute filmten lieber aus Distanz und gingen immer wieder ums Haus herum, so weit die Polizisten das zuließen. Nur eine Person passte überhaupt nicht ins Bild. Eine alte Frau, bestimmt weit über achtzig. Sie hielt ihren Rollator vor sich wie einen Schutzschild. Auch sie war von einem Polizisten angehalten worden, doch sie insistierte lautstark, man müsse sie durchlassen.

«Ist das die Alte vom Esoterikladen?», fragte Kathrin.

«Eve? Nein.»

«Und wer ist das?»

«Ich weiß nicht. Wir sollten sie fragen.»

Silvia zog Kathrin hinter sich her zu Tür und als sie diese öffnete, wurde es draußen einen Moment totenstill, bevor sich die ganze Meute in Bewegung setzte. Die Polizisten, deren Anzahl inzwischen auf ein halbes Dutzend angewachsen war, rückten zusammen, entschlossen den Weg zur Tür freizuhalten. Die Reporter drängten dagegen in der Hoffnung, das perfekte Foto zu ergattern. Und mittendrin kam die alte Frau mit ihrem Rollator angeholpert, begleitet von einem Polizisten.

Es schien eine Ewigkeit zu dauern, bis sie die zehn Meter bis zur Tür hinter sich gebracht hatte.

«Was auch immer Sie hier wollen, bringen Sie bloß nicht noch mehr schlechte Nachrichten.» Silvia ließ die Alte samt Polizeibegleiter ins Haus und warf die Türe hinter ihnen ins Schloss.

«Nein. Ich muss ihnen etwas Wichtiges über dieses Haus erzählen» antwortete die alte Frau mit einer Stimme, die Silvia an die Märchen-CDs aus ihrer Kindheit erinnerte. «Als ich die Bilder im Fernsehen gesehen habe, wusste ich, dass ich herkommen und Ihnen erzählen muss, was ich darüber weiß. Mein Name ist Hedwig Baumgartner und ich habe schon einmal gesehen, wie dieses Haus das tut.» Sie deutete an die Wand neben der

214

Tür, auf der gerade wieder einer dieser grünen Schlamm-flecke aufgetaucht war.

«Und Sie wissen, was wir dagegen tun können?», fragte Silvia hoffnungsvoll.

«Nein, leider nicht. Aber ich weiß, warum es das tut.»

Silvia verspürte nun doch diesen kleinen Funken Hoffnung, der sich langsam in ihrer Brust ausbreitete wie eine kleine zarte Blume, die sich zaghaft öffnet.

«Kommen sie, setzen wir uns in die Küche, trinken wir einen Kaffee und dabei erzählen Sie uns alles.»

Silvia ging voraus und schaltete die Espressomaschi-ne ein. «Nehmen Sie auch eine Tasse?», fragte sie den Po-lizisten, der dankbar bejahte.

«Ich frage mich, was Thomas tut. Der sollte das vielleicht auch hören», sagte Silvia und an Kathrin ge-wandt fügte sie hinzu: «Kannst du für alle Kaffee ma-chen, während ich ihn hole.»

Dann eilte sie davon, hinauf in sein Arbeitszimmer.

Sie klopfte und als sie keine Antwort erhielt, drückte sie langsam die Tür auf. Was sie dort sah, übertraf ihre schlimmsten Albträume. Thomas saß an seinem Schreib-tisch, wie sie es erwartet hatte, doch statt sich in Arbeit zu vergraben, saß er nur da und stierte mit ausdruckslosen Augen auf eine Pistole.

«Thomas? Was tust du?»

Sie wollte, ihre Frage schon wiederholen, als er lang-sam seine Lippen bewegte. «Das ist einfach zu viel. Wir müssen dem ein Ende setzen.»

Wie in Zeitlupe bewegte sich seine rechte Hand auf die Waffe zu und ergriff sie.

Silvia erstarrte. «Thomas!», rief sie voller Entsetzen. «Hör auf!»

Er schien sie gar nicht mehr wahrzunehmen, führte die Pistole langsam an seinen Kopf, mechanisch wie eine dieser Aufziehpuppen.

Sie stand immer noch wie angewurzelt da, die Augen weit aufgerissen, als der Polizist mit gezogener Waffe die Treppe hoch polterte. «Was ist los?»

«Thomas, er hat eine Pistole!», schrie Silvia und als der Polizist an ihr vorbei stürmte, schlug sie die Hände vors Gesicht und stöhnte: «Bitte, tun Sie ihm nicht weh.»

Sie sah nicht, was in dem Arbeitszimmer passierte, doch plötzlich peitschte ein Schuss.

Silvia sank an der Wand neben der Tür zusammen und heulte in ihre Hände. Sie war sicher, dass ihr Mann tot war, entweder durch Selbstmord oder durch die Waffe des Polizisten.

Aufgeschreckt durch den Knall kam Kathrin die Treppe hinauf gestürmt und fiel neben Silvia auf die Knie. «Oh, mein Gott, was ist passiert?»

Aber Silvia brachte keinen Ton heraus. Ihr Oberkörper zuckte bei dem Versuch, wieder Luft zu bekommen zwischen atemlosem Schluchzen und einem betäubenden Weinkrampf.

Kathrin legte die Arme um ihre Freundin und redete leise auf sie ein, wiederholte in endloser Litanei: «Es wird alles gut. Glaub mir, es wird alles gut.»

«Thomas?», quetschte Silvia zwischen ihrem Weinkrampf heraus.

In diesem Moment kam der Polizist mit ihrem Mann aus dem Arbeitszimmer. Thomas war kreidebleich und stierte immer noch ins Leere, aber er war offensichtlich unverletzt.

«Es hat sich ein Schuss aus seiner Waffe gelöst», erklärte der Polizist, «aber sie hat nur ein Loch in der Wand hinterlassen. Doch ich fürchte, wir müssen ihren Mann trotzdem ins Krankenhaus bringen.»

Als Silvia sah, dass Thomas noch auf eigenen Füssen stand, fiel sie ihm um den Hals und bedeckte sein Gesicht mit Küssen.

Kathrin ließ sie einen Moment lang gewähren, dann zog sie ihre Freundin von Thomas weg und führte sie langsam hinab in die Küche.

Der Polizist sprach bereits in sein Funkgerät und forderte einen Krankenwagen für Thomas an.

An der Haustür warteten bereits einige Uniformierte. Der Schuss hatte die Neugier der Reporter weiter angestachelt. Auf der Suche nach brandheißen Neuigkeiten hatten einige tatsächlich versucht, das Haus zu stürmen. Dies zu verhindern, hatte den Einsatz aller Beamten erfordert.

Die Presseleute belagerten den Eingang regelrecht, während die Polizisten wie steinerne Wächter vor der Tür standen und die mutigeren Reporter zurückdrängten. Eine stumme Pattsituation, in die erst wieder Unruhe kam, als der Krankenwagen mit Blaulicht und Sirene die Zufahrt entlang kam.

Die Sanitäter sprangen heraus, holten Thomas aus dem Haus und begleiteten ihn zum Krankenwagen, umringt von Polizisten, die einen Weg durch die Reporter bahnten. Wenig später brausten sie mit ihm davon. Silvia sah ihm nach, bis er nicht mehr zu sehen war. Jetzt war sie auf sich allein gestellt. Thomas, der ihr versprochen hatte, dass sie gemeinsam jede Gefahr besiegen würden, hatte aufgegeben und ihr das ganze Schlamassel überlassen.

Immerhin hatte sie inzwischen einige Unterstützung von außen bekommen. Sie sassen jetzt zu dritt in der Küche: Silvia, Kathrin und die alte Frau Baumgartner.

«Warum geschieht das nur?», fragte Silvia einmal mehr.

«Ich denke, darauf weiß ich die Antwort», erwiderte die Alte. «Ich war nämlich dabei, als es damit angefangen hat. Also eigentlich schon bevor es angefangen hat.»

Sie trank einen Schluck ihres erkalteten Kaffees und verzog den Mund.

«Das Haus hat meinem Bruder Benjamin gehört. Er hatte mit seiner Frau Margrith und ihrer kleinen Tochter Elisabeth, die wir alle nur Elisa nannten, hier gewohnt. Das muss in den späten 1940er-Jahren gewesen sein, jedenfalls war immer noch das Gespenst des Krieges überall präsent, obwohl er schon eine Weile vorbei war. Doch die Spuren davon verflüchtigten sich nur langsam. Man traute niemandem, Lebensmittel waren knapp, obwohl sie nicht mehr rationiert waren. Man tat immer noch gut daran, im Garten hinter dem Haus etwas anzupflanzen, wenn man genug zu essen haben wollte.» Sie seufzte. «Ja, es war eine harte Zeit, in der einem nichts geschenkt wurde. Wer Glück hatte und eine bezahlte Arbeit fand, tat alles, um sie zu behalten. Leider schaffte Benjamin das nicht. Er verlor seine Arbeit, das Geld ging schnell aus und sie mussten den Gürtel enger schnallen. Margrith, seine Frau, hätte es vielleicht geschafft, aber Benjamin hielt es nicht mehr aus. Er machte sich schreckliche Selbstvorwürfe, weil er seine Familie nicht ernähren konnte.»

Sie wischte sich eine Träne aus dem Augenwinkel. «Jedenfalls hatte Benjamin schließlich die irrwitzige Idee, dass er seine kleine Tochter im Brunnen vor dem Haus ertränken muss, weil sie sich kein Kind leisten konnten.»

«Oh, mein Gott!», stöhnten Silvia und Kathrin fast gleichzeitig. «Und seine Frau?»

«Margrith? Die war außer sich. Sie rannte überall im Haus herum und suchte nach dem Kind. Sie war felsenfest überzeugt, dass Benjamin niemandem etwas zuleide tat, und schon gar nicht ihrer Tochter. Als sie die Kleine dann draußen im Brunnen fand, ertrunken, totenbleich und kalt, band sie sich ihre tote Tochter vor die Brust und versuchte sie zu wärmen. Sie wollte einfach nicht wahrhaben, dass ihre kleine Elisa tot war. Ich glaube, sie hat danach nie mehr geschlafen für den Rest ihres Lebens. Und ich glaube, sie hat auch das Kind nie mehr losgelassen.»

Sie schüttelte den Kopf, schniefte, nestelte in der Tasche an ihrem Rollator herum und fragte schließlich: «Hätten Sie ein Taschentuch für mich?»

Kathrin reichte ihr die Kleenex-Schachtel, die sie zuvor schon für Silvia gebraucht hatte.

Die alte Frau schnäuzte sich ausgiebig, holte tief Luft und erzählte weiter.

«Diese schreckliche Tat nagte an den beiden. Margrith trug die kleine Elisa pausenlos im Haus herum, auch dann noch, als sie schon ganz steif war und einen üblen Geruch verbreitete. Benjamin schloss sich immer öfter in seinem Zimmer ein, sprach mit niemandem mehr und stierte nur noch vor sich hin, so als ob er in einer anderen Welt gefangen wäre. Er war zu keinerlei Gefühlsregung mehr fähig, stakste nur mechanisch im Haus herum, Geifer triefte ihm vom Kinn und er reagierte auf nichts. Ich habe versucht, ihn zu einem Arzt zu bringen, doch es ging nicht, ich konnte ihn nicht dazu bewegen, das Haus zu verlassen. Schließlich ging ich selbst ins Dorf, um den Arzt herzuholen, doch als wir zurückkamen, war niemand mehr am Leben. Benjamin musste wohl seine Frau in den Keller gebracht und sie an einem Balken aufgehängt haben, bevor er direkt daneben ein zweites Seil für sich selbst festknüpfte.»

Silvia war fassungslos. Wie verzweifelt musste dieser Benjamin gewesen sein? Wie schlimm musste die Situation für ihn gewesen sein, dass er zu so einer Tat fähig war? «Und das Kind? Was hat er damit gemacht?»

Die alte Frau zitterte. Ganz offensichtlich fiel es ihr immer noch sehr schwer, darüber zu reden. «Das weiß niemand. Als ich mit dem Arzt hier eintraf, war das Kind verschwunden. Und obwohl wir alles abgesucht hatten, fanden wir es nie.

ZWANZIG

Jetzt, wo sie die Geschichte des Hauses kannten, hatte Eve vielleicht eine Idee, wie sie diesem Phänomen hier zu Leibe rücken könnten. «Vielen Dank, Frau Baumgartner, dass sie extra den langen Weg hierher gekommen sind. Wie kommen Sie denn jetzt wieder nach Hause?»

«Würden Sie mir ein Taxi rufen?»

«Ich mach das», sagte Kathrin. «Ruf du inzwischen Eve an und erzähl ihr, was wir herausgefunden haben.»

Beide griffen nach ihren Handys und erledigten die jeweiligen Anrufe.

«Eve wird etwa in einer halben Stunde hier sein. Sie muss noch einige letzte Utensilien besorgen», sagte Silvia. «Wie soll ich das nur so lange aushalten? Ich muss irgendwas tun. Ich kann doch nicht einfach herumsitzen und warten?»

«Das wirst du wohl müssen.» Kathrin legte ihrer Freundin eine Hand auf den Arm.

«Weißt du», sagte Silvia, «dieses Haus hat uns finanziell wirklich an die Grenze gebracht. Wir haben unser ganzes Erspartes hineingesteckt und das hat gerade so gereicht. Und dieser Schlamm hat mir jetzt gezeigt, wie leicht es an Wert verlieren kann. Besonders, weil dieses grüne Zeug offensichtlich nichts Natürliches ist. Wenn wir das Haus weder bewohnen noch verkaufen können, sind wir echt am Ende.»

Kathrin nickte.

«Thomas ist daran schon zerbrochen.» Sie ging zum Fenster, schaute auf das Treiben draußen, die Polizisten, die das Haus vor der Presse schützten, die Presseleute, die unbedingt noch mehr Fotos ergattern wollten. Der Krankenwagen mit Thomas war längst weg. Das war wohl das Beste für ihn. Und sie selbst hätte eigentlich auch mitfahren können. Sie hätte einfach aufgeben und dieses Haus sich selbst überlassen können.

Kathrin war neben sie getreten, schaute ebenfalls aus dem Fenster und legte ihr den Arm um die Schulter. «Lass den Kopf nicht hängen. Das wird schon wieder.»

Die alte Frau knetete ihre Hände und holte Luft. «Ich werde nach nebenan gehen, damit Sie sich ungestört unterhalten können.»

«Sie können auch hierbleiben», sagte Silvia, doch insgeheim hoffte sie, dass die Alte ging.

«Nein, ich lasse sie beide jetzt alleine.» Sie rückte ihren Stuhl so energisch zurück, dass Silvia erschrocken herumfuhr. «Wenn es ihnen recht ist, setze ich mich ins Wohnzimmer, bis das Taxi kommt.»

«Bitte, machen Sie es sich bequem.»

Als die alte Frau die Tür zum Wohnzimmer öffnete, entfuhr ihr ein erschrecktes «Oh!»

«Was ist los?», fragte Silvia und drehte sich zu ihr. Als sie erkannte, was die Alte so erschreckt hatte, erstarrte sie selbst. «Das darf doch nicht wahr sein!» Ihr Wohn-

222

zimmer war komplett in grünen Schlamm gehüllt, es sah aus wie eine Unterwasserhöhle.

«Oh, mein Gott», stöhnte jetzt auch Kathrin. «Es wird Zeit, dass diese Eve auftaucht und diesem Spuk ein Ende macht.»

Silvia schniefte. «Ich hasse diese Warterei.»

«Wenn du möchtest, putzen wir das Haus, beseitigen diese Schweinerei.»

«Das Zeug wächst bald schneller als wir es wegputzen können! Was, wenn Eve keine Lösung bringt? Ihre Räuchermischung hat ja schon einmal nicht funktioniert! Wo sollen wir wohnen, wenn wir nicht mal die Kaution für eine Mietwohnung bezahlen können?»

«Soweit ich das verstanden habe, hat es funktioniert, nur eben nicht gegen alles. Sie wird das schon schaffen. Und wenn es länger dauert, zieht ihr beiden eben so lange bei mir ein. Ich habe noch ein Gästezimmer, in dem ich euch unterbringen kann.»

Silvia traten schon wieder Tränen in die Augen. Sie hätte nicht gedacht, dass sie überhaupt noch mehr Tränen vergießen könnte. «Danke. Du bist ein Schatz!»

«Es wird alles gut werden.» Zärtlich streichelte sie über Silvias Haare.

Durch einen Tränenschleier blickte Silvia sie an. «Versprichst du mir das?»

«Klar. Versprochen!» Kathrin wusste zwar selbst nicht, woher sie diese Zuversicht nahm, doch wenn sie nicht zuversichtlich sein konnte, wie sollte dann Silvia das schaffen.

«Und jetzt lass uns diesem Zeug zu Leibe rücken. Wenn wir schon warten müssen, können wir genauso gut putzen.»

Silvia nickte. «Wenn du meinst.»

«Ja, komm. Machen wir uns an die Arbeit.» Sie schnappte sich den Lappen, den sie zum Trocknen auf die Heizung gelegt hatte und holte aus dem Putzschrank noch einen zweiten.

Sie begannen bei dem kleinen Fleck, der an der Wand hinter Silvia aufgetaucht war, und machten sich dann im Rest des Hauses zu schaffen. Es war wirklich schnell mehr geworden. In Silvias Arbeitszimmer und auch an der Treppe zeigten sich schon erste grüne Flecken. Gemeinsam drängten die beiden Frauen den Schlamm immer weiter zurück, wuschen das seltsame Grün ab. Kathrin unterbrach nur einmal kurz die Arbeit, um die alte Frau Baumgartner zum Taxi zu bringen, dann schnappte sie sich sofort wieder den Lappen und half mit, so gut sie konnte.

Als Eve schließlich eintraf, hatten die beiden Frauen den größten Teil des Schlamms beseitigt, allerdings wuchsen bereits wieder neue Flecke aus den Wänden und jetzt auch aus dem Fußboden. Es wurde wirklich Zeit, diesem Spuk ein Ende zu bereiten.

«Wer sind Sie?», fragte sie Kathrin reichlich unhöflich.

«Das ist meine beste Freundin Kathrin», antwortete Silvia.

«Sie muss gehen. Sie lenkt mich ab. Je weniger Menschen sich hier aufhalten, umso einfacher finden wir die verlorene Seele.»

«Schon gut.» Kathrin zuckte nur mit den Schultern und umarmte ihre Freundin, bevor sie nach draußen ging, wo sich sofort die Reporter auf sie stürzten, um sie mit Fragen zu belästigen.

Jetzt waren sie also nur noch zu zweit. Eve stellte ihren Weidenkorb auf den Küchentisch und packte ihre Utensilien aus. Ein Glas mit einer dunkelroten Flüssigkeit, ein Stück Draht, das zu einem Y gebogen war, eine Handvoll alter Pergamentblätter, einige Bücher mit Ledereinband mit Titeln in einer Schrift, die Silvia nicht einmal entziffern konnte.

«Das Haus scheint noch den Geist des Kindes zu beherbergen, das hier getötet wurde», erklärte Eve. «Wir müssen es finden. Der Vater muss es irgendwo begraben haben.»

Eve griff nach dem Draht-Y und hielt es vor sich wie eine Wünschelrute. «Ich suche jetzt das Haus ab. Seien Sie still, ich muss mich konzentrieren.»

Silvia beobachtete gespannt, wie Eve mit der Rute in der Küche umherging. Sie hatte die Augen verdreht, sodass nur noch das Weiße zu sehen war, und murmelte leise vor sich hin. Die Rute schlug mal weniger, mal mehr aus.

Eve schlurfte mit kleinen Schritten in der Küche umher, und langsam zeichnete sich eine grobe Richtung ab: Sie war unterwegs zur Kellertür. Vermutlich war das

Kind dort unten. *Kein Kind*, rief sie sich zur Besinnung, *nur ein Geist!*

«Soll ich die Kellertür öffnen?», fragte Silvia und erntete damit ein wütendes «Schscht!»

Betreten schwieg Silvia. Nun wusste sie noch immer nicht, ob sie die Tür öffnen sollte. Aber vermutlich wäre es besser, die Frau einfach ihre Arbeit machen zu lassen. Wenn Sie nur irgendetwas tun könnte!

Eve hatte inzwischen die Kellertür erreicht, der Draht berührte fast schon die Tür.

Und dann geschah es! Dort, wo der gebogene Draht nur zwei Zentimeter vor der Tür schwebte, wuchs ein grüner Schlammfleck. Doch diesmal breitete er sich nicht aus, sondern schien wie eine kleine Hand nach dem Draht zu greifen.

Eve zog die Rute schnell weg. «Haben wir dich!», rief sie triumphierend und riss die Tür auf, doch dahinter war nichts als die dunkle Treppe.

«So so», murmelte Eve. «Du versteckst dich immer noch. Na warte!»

Sie tastete nach dem Lichtschalter. Sofort ging das Licht an und ließ den Keller etwas weniger unheimlich wirken.

Vorsichtig folgte Silvia der weißhaarigen Frau, wollte unbedingt sehen, was dort unten geschah. Sie beobachtete, wie Eve Stufe um Stufe hinab ging. Langsam. Vorsichtig.

Das Haus schien lebendig zu werden, schien zu pulsieren. Überall quoll dieser eklige grüne Schlamm aus den

Wänden. Erst langsam, dann immer schneller und aggressiver, als ob er Eve aus dem Keller vertreiben wollte. Silvia wagte sich gar nicht vorzustellen, was im Rest des Hauses vorging.

Ein Glück, dass Thomas das nicht miterleben musste. Der rationale Thomas, der schon die Augen verdrehte, wenn sie von einem Déjà-vu erzählte. Hätte er sehen müssen, wie ihr gemeinsames Zuhause ein Eigenleben zeigte, sich als lebender Albtraum manifestierte, Geisterschlamm materialisierte und sich gegen Eve zur Wehr setzte, wäre er vollkommen ausgeflippt.

Als Silvia selbst auf die Kellertreppe trat, um Eve weiter hinab zu folgen, griffen die unheimlichen Schlammfinger sofort nach ihr. Grausige grüne Hände, die aus Wänden und den Treppenstufen nach ihr griffen.

Angeekelt, aber auch wütend schlug und trat Silvia nach diesen Schlammhänden, die zwar zerplatzten, aber sogleich woanders neu auftauchten und wieder nach ihr griffen. «Verschwinde hier!», schrie sie die geisterhafte Erscheinung an, die sich ihres Hauses bemächtigt hatte, doch die grünen Geisterarme griffen weiterhin nach ihr. Und natürlich nach Eve. Diese allerdings befand sich in tiefer Trance, schien gar nicht zu merken, was um sie herum vorging. Sie ging einfach weiter, ohne sich von dem Schlamm beeindrucken zu lassen. Wenn eine dieser Geisterhände nach ihrem Fuß griff, zog sie kräftiger, riss die abartige Erscheinung entzwei und ging weiter, geleitet von ihrer Wünschelrute.

Eve entfernte sich jetzt immer weiter vom Fuß der Treppe, ging langsam durch die Eisentür in den Weinkel-

227

ler und dort bis zur gegenüberliegenden Wand. Je näher sie dieser kam, umso aggressiver schien der Schlamm sie zurückhalten zu wollen. Ein Kreischen schwoll an, ein schmerzhaftes lautes Kreischen wie von einem verwundeten Tier. Einen Moment lang dachte Silvia an die böse Hexe aus dem Norden in dem Film über den Zauberer von Oz. Als die sich auflöste, hatte sie ganz ähnlich geschrien. Nur dass sich hier nichts auflöste, sondern ganz im Gegenteil immer mehr aufbaute. Der grüne Schlamm erfüllte den Keller mit Tausenden grapschender Hände.

Fassungslos beobachtete Silvia, wie aus der Wand vor Eve ein Schwall von grünem Schlamm herausbrach, der sie binnen Sekunden komplett einhüllte. Sie sah aus wie eine von Moos überwachsene Baumwurzel, die sich langsam hin und her wiegte und jetzt einen lauten Singsang anstimmte.

Silvia konnte nichts tun, außer fassungslos dazustehen und mit offenem Mund zu beobachten, was gerade passierte. Sie bemerkte nicht, dass der Schlamm auch an ihr hochkroch, von den Füssen aufwärts.

Ob Eve wirklich wusste, was sie tat? Oder hatte sie längst die Kontrolle verloren?

«Eve?», fragte sie leise und als keine Reaktion kam, noch einmal lauter.

Eve schüttelte sich, ihr leiser Singsang steigerte sich zu wilden Schreien in einer gutturalen, fremden Sprache: «Unga! Bresda! Verda! Andula!»

Der grüne Schlamm platzte explosionsartig von ihr ab. Das gesamte Kellergeschoss war augenblicklich erfüllt von Staub, der seine Farbe schnell von lebendigem Grün

228

zu totem Grau veränderte, bevor er langsam zu Boden fiel.

Zur gleichen Zeit blieb die Welt außerhalb des Hauses stehen. Reporter starrten mit offenen Mündern auf das Haus, die Polizisten vergaßen ihre Schutzfunktion und verfolgten ebenfalls das Schauspiel, das sich vor ihnen abspielte.

Alle betrachteten mit weit aufgerissen Augen, was sich am Haus der Tanners abspielte. Rundherum breitete sich ein grüner Nebel aus, dehnte sich wie ein Ballon und platzte dann in eine gewaltige Staubwolke auf, die das ganze Haus vollkommen einhüllte.

Einige schreckliche Sekunden lang war kaum die Hand vor Augen zu erkennen, besonders für die Polizisten, die am dichtesten vor dem Haus standen, dann sank der Staub langsam zu Boden und bedeckte Uniformen, Fahrzeuge, Kameras und alles andere mit einer dicken grüngrauen Staubschicht fast wie ein Ascheregen nach einem Vulkanausbruch.

Dann ging das Geschrei los. Wild durcheinander wirbelten Fragen. «War das eine Explosion?» «Was ist passiert?» Reporter zückten ihre Handys und riefen in ihren Redaktionen an. Diejenigen Kameraleute, die schnell genug waren, um die Staubwolke zu filmen, sprangen in Ihre Übertragungswagen und luden die Daten hoch. Jeder wollte der Erste sein, der berichtete.

Plötzlich herrschte Totenstille im Keller, so schnell und umfassend, dass Silvia hören konnte, wie der Staub zu Boden rieselte. Das löste ihre Anspannung. Sie hatte gar nicht bemerkt, dass sie den Atem angehalten hatte und als sie jetzt Luft holte, drang dieser Staub in ihre Kehle und ließ sie Husten.

Als ob dies ein Startsignal gewesen wäre, drehte sich Eve zu ihr um und sagte: «Wir müssen diese Wand einreißen.»

«Was?» Silvia glaubte, sie hätte sich verhört.

«Ganz recht», antwortete Eve. «Die Wand muss weg. Dahinter finden wir bestimmt das Skelett des toten Kindes. Der Vater muss es hier in der Wand eingemauert haben. Haben sie Werkzeug?»

Silvia deutete in die Ecke unter der Treppe. «Dort hinten.»

«Holen Sie einen schweren Hammer», befahl Eve.

Silvia setzte sich langsam in Bewegung, fand einen Vorschlaghammer, dessen Stiel zwar alt war, der aber noch stabil genug aussah, um einige Steine aus der Wand zu schlagen.

Sie schleppte das erstaunlich schwere Werkzeug in den Weinkeller, wo sie ihn mit aller Kraft schwang und auf die Wand knallen ließ. Funken und Steine stoben davon. Wieder und wieder hieb sie auf die Wand ein, schlug ein Loch hinein, hinter dem noch eine Mauer auftauchte. In dem Hohlraum dazwischen erkannte sie schließlich ein kleines Skelett, genau wie Eve vermutet hatte.

«Da bist du ja», sagte Eve liebevoll. «Jetzt wird es Zeit, dass du weiterziehst. Du kannst nicht mehr hier wohnen.»

Sie wickelte das Skelett in eines ihrer Tücher, übergoss es mit Brennsprit und setzte es in Brand. Die alten Knochen fingen sofort Feuer und lösten sich schnell in Asche auf.

«Das sollte eigentlich den Geist befreit haben», meinte Eve. «Und jetzt freue ich mich auf einen Schluck Wasser.»

EPILOG

Ein Jahr später war das Loch in der Wand wieder sauber verschlossen, im Weinkeller wuchs die Weinsammlung langsam aber stetig. Thomas hatte sich von seinem Zusammenbruch erholt und machte so viele Abschlüsse wie nie zuvor. Die Aufmerksamkeit der Medien hatte ihn zu einer kleinen Berühmtheit gemacht, was seinem Geschäft noch mehr Vortrieb gab. Silvia war immer noch angestellt, allerdings arbeitete sie häufig in ihrem Home-Office. Und das würde in Zukunft noch mehr werden.

In der Küche des kleinen Häuschens herrschte reger Betrieb. Thomas und Gisela hatten ihr Kriegsbeil begraben und zusammen gespannt, um eine Willkommensparty für Silvia zu organisieren. Gisela hatte Kuchen gebacken und kümmerte sich um die Gäste, während Thomas ins Krankenhaus fuhr, um Silvia abzuholen.

Kathrin war da und Eve, die immer mehr wie Gandalf aus den Herr-der-Ringe-Filmen aussah. Die quirlige Nadja und ihre Chefin Heidi plapperten munter vor sich hin. Dominik war ebenfalls da und hatte offenbar Gefallen an Nadja gefunden.

Alle warteten gespannt, bis endlich Thomas und Silvia durch die Tür traten. Mit ihren neugeborenen Zwillingen Laura und Luisa auf dem Arm.

DANKSAGUNG

Allen voran danke ich meiner Frau Susana, dass sie mich immer wieder aufs Neue motiviert hat, dieses Buch zu schreiben, dass sie immer wieder als Testleserin zur Verfügung stand und mir mit gutem Rat zur Seite stand.

Ich danke auch meiner Testleserin Andreina Zink und meinem Testleser Massimo Natali für die wertvollen Kommentare und Anregungen. Mit eurer Hilfe sind so manche Ungereimtheiten noch rechtzeitig ans Licht gekommen.

Und selbstverständlich danke ich Ihnen, liebe Leserin, lieber Leser, dass Sie dieses Buch gekauft haben. Ich hoffe, es hat Ihnen Freude bereitet. Auf Wiederlesen!

Markus Kessler
NACHTGESCHICHTEN
Sieben unheimliche Kurzgeschichten
ISBN: 978-3-7481-6530-9
Taschenbuch, 109 Seiten

Wenn es dunkel wird draußen, vielleicht sogar Nebel aufzieht, dann kriechen sie aus ihren Verstecken, bereit uns Albträume zu bereiten: Schreckgespenster, Ungeheuer, Bösewichte aller Art.
Die sieben Kurzgeschichten in diesem Band entführen den Leser in die Abgründe der menschlichen Vorstellungskraft, an Orte, wo der Schrecken lauert und geheime Rituale stattfinden.

Markus Kessler
ES KOMMT NÄHER
Ein Adventskalender der anderen Art
ISBN: 978-3-7543-7258-6
Taschenbuch, 132 Seiten

Der perfekte Adventskalender für Fans von fantastischen Geschichten. Geister ziehen durch die Dunkelheit, magische Wesen verteilen Geschenke, der Nikolaus spielt verrückt und das Kind im Stall entwickelt sich ganz eigenartig.

Die 24 Geschichten in diesem Band bringen jeden Tag einen kurzen Lesegenuss für Fans des Unheimlichen, des Mystischen, des Abgedrehten.

235

Markus Kessler
WEIHNACHTEN DARF NICHT STERBEN
Sechs ungewöhnliche Weihnachtsgeschichten
ISBN: 978-3-7460-1895-9
Taschenbuch, 180 Seiten

Im Schatten der Weihnachtsbeleuchtung verschwimmen die Grenzen von Realität und Fantasie. Tauchen Sie ein in fantastische Welten, wo gefallene Engel wieder aufstehen und Geisterwesen den Menschen helfen. Lassen Sie sich bewirten von unheimlichen Gastgebern und sehen Sie zu, wie ein kleines Mädchen dafür sorgt, dass Weihnachten doch nicht stirbt.

236